In der Schule von Athen

Klaus Liebers

In der Schule von Athen

Platon und Aristoteles – seid gegrüßt!

Erzählung

epubli

Für Käthe

In der Schule von Athen
Klaus Liebers

published by: epubli GmbH, Berlin
www.epubli.de
ISBN 978-3-8442-9584-9

Ein Weltenbummler der Antike

Im beständig wehenden Zephyr segelte das Schiff den Peloponnes entlang, immer weiter nach Süden, in den Frühling. Ab und zu umkreisten Weißkopfmöwen das Schiff, dann und wann mischten sich Schwarzkopfmöwen darunter. Behäbig glitt der Frachtensegler dahin. Vom erhöhten Deck aus genoss der Bootsmann einen weiten Rundblick. Der geräumige Schiffskörper bot viel Raum für sorgfältig gestapelte Amphoren, gefüllt mit Olivenöl und Wein.

Bei dem ruhigen Westwind bereitete es dem Steuermann wenig Mühe, das Schiff auf Kurs zu halten. Dennoch bedurfte es beständiger Aufmerksamkeit und langjähriger Erfahrung. Klippen, Untiefen und Felsnadeln galt es sicher zu umschiffen. Zwei Schoten führten zum großen Rahsegel. Der Bootsführer bediente das Segel zusammen mit einem weiteren Bootsmann – zum Kauf von Sklaven für die Arbeit an Bord reichten die Einkünfte nicht aus. Gesegelt wurde tagsüber, in ständiger Sichtweite zum Ufer oder zur nächsten Insel. Auf diese Weise orientierten sich die Seeleute an markanten Landmarken. Mit Einbruch der Dunkelheit vertäuten die Seefahrer ihre Schiffe in einer der vielen geschützten Buchten. Sie boten sichere, kleine Häfen.

Das Mittelmeer war für die Schifffahrt keineswegs ungefährlich, viele Menschen vertrauten sich den Schiffsherren nur von Mai bis September an. Im Sommer erleichterten regelmäßige Meeresströmungen und stetig wehende Winde die Schifffahrt. Dennoch: Plötzliche Stürme, unvermutet drehende Winde, überraschende Flauten oder unerwartete Nebel bargen viele Überraschungen, konnten Schiffsreisen in langwierige Unternehmungen verwandeln. Doch bei dieser Fahrt fügten sich Wetter und Meer den Wünschen der Seefahrer und den Fahrtzielen der mitreisenden Gäste.

Im Schatten des Segels rekelte sich Platon. Er genoss die leichte Brise. Der Blick auf die in der Ferne vorbeigleitenden Küsten und Inseln bot eine abwechslungsreiche Mischung aus sanft gewellten Hügeln mit Olivenbäumen, schroffen Felsen, dichten Pinienwäldern, schmalen Tälern, Sand- und Kiesstränden. Im Hintergrund krönten steil aufschießende Bergketten all diese Landschaften.

Von Zeit zu Zeit schweifte Platons Blick zum Himmel. Er erfreute sich an den zahlreichen kleinen Wolken – sie formten sich zu Figuren aus den Heldensagen von Hesiod und Homer, lösten sich wieder auf, gaben Raum für neue Phantasiegebilde und verschwanden erneut. Wieder und wieder wog Platon in Gedanken die Ziele seiner Reise ab. Welche Erwartungen trieben ihn an? Welche Hoffnungen hegte er? Am meisten kreisten seine Grübeleien um eine gerechtere Verfassung für seine Heimatstadt Athen. Welche Rechte und welche Pflichten sollten die Bürger erhalten? Sollte das politische Leben weiterhin allein Männern vorbehalten bleiben? Warum sollten Athener Frauen nicht gleiche Rechte erhalten wie Männer? Allerdings nur Frauen wie Männer, die von Athener Eltern geboren waren. Völlig außerhalb seines aristokratisch geprägten Denkens blieb die bloße Möglichkeit einer Einschränkung der Sklaverei und erst recht deren Abschaffung.

Schon damals kannte man die drei Wege zum Reichtum: Arbeit, Erbschaft, Steuerhinterziehung. Die Verfassung müsste der menschlichen Gier nach Reichtum Schranken setzen – doch wie könnte das gehen? Diese Frage beschäftigte Platon ganz besonders. Ebenso drängend waren Fragen wie: Welche Idee sollte einem gerechten Staat zugrunde liegen? Wie könnte Athen verhindern, dass Ungebildete oder Maßlose in Ämter gewählt werden? Wie könnte sich die Stadt gegen Feinde schützen?

Platon war in eine Familie hineingeboren, die in der Athener Aristokratie eine angesehene Stellung einnahm. Wie andere Familien der Oberschicht lebten seine Eltern selbstbewusst, zeigten ihren Reichtum in hohen ästhetischen Ansprüchen.

In den Villen der Adligen öffneten sich alle Räume auf einen Hof. Diesen schmückten erlesene Skulpturen und marmorne Brunnen. Wandgemälde mit Motiven aus der Welt der Musen des Apollon verzierten die Räume. Kunstvoll bemalte Vasen im schwarzen athenischen Stil, einige auch im roten korinthischen Stil, verschönten die Wohnräume. Die Bildprogramme der Vasen entnahmen die Künstler den Götter- und Heldensagen. Auch das Alltagsleben der Menschen stand Pate für zahlreiche Motive. Beliebt waren Liebesszenen, Weingelage, Sportwettkämpfe oder die Ernte von Oliven. Bis in jene Zeit geht das Wort zurück, jemand sei „gut betucht“. Stoffe gehörten zu den wertvollsten Gebrauchsgegenständen, die eine griechische Familie besaß. Durchsichtige Kleider ließen die Schönheit der weiblichen Körper mehr als nur erahnen. Gut bezahlte Privatlehrer übernahmen die Ausbildung der Kinder.

Die aristokratischen Familien verachteten jede Art körperlicher Arbeit. Diese verrichteten Haussklaven. Sie gruben, pflanzten und ernteten im Garten, trugen die von den Frauen auf dem Markt gekauften Lebensmittel nach Hause, schöpften Wasser aus städtischen Brunnen, bereiteten die Speisen zu – kurzum: Die Haussklaven hielten das Leben in Haus und Hof in Gang. Die Lage der Haussklaven war ein

Vielfaches besser als die Hölle jener Sklaven, die sich in Bergwerken zu Tode schuften mussten. Woher die Sklaven kamen? Die Aristokratie wählte ihre Haussklaven aus den auf dem Markt zum Kauf angebotenen Kriegsgefangenen aus.

Platon kam als jüngstes Kind von vier Geschwistern zur Welt, nach der wahrscheinlichsten Rechnung im Jahre 427 v.Chr. Dieses Jahr könnte es gewesen sein – muss es aber nicht. Bei vielen Jahresangaben aus der griechischen Antike können sich die Forscher nicht auf ein Datum einigen – es sei denn, das Ereignis fiele nachweislich mit einer Mond- oder Sonnenfinsternis zusammen. Deren Datum können Astronomen noch heute exakt berechnen. Des Weiteren dienen Aufzeichnungen der Olympischen Spiele zum Bestimmen von Daten – auch unsichere, sich durchaus widersprechende Aussagen über persönliche Begegnungen von Politikern werden herangezogen. Die Olympischen Spiele waren viel mehr als nur sportliche Wettkämpfe zu Ehren des Göttervaters Zeus. Sie dienten als politische Foren, zu denen Herrscher und Abgesandte aus allen Teilen der griechischen Staatenwelt anreisten. Neben den Sportwettkämpfen beeindruckten die Spiele mit vielseitigen Unterhaltungsprogrammen: allen voran mit Theateraufführungen, Volksfesten und Märkten. Aus später angefertigten Siegerlisten konnten Historiker Verbindungen zwischen bestimmten Ereignissen und berühmten Sportlern herstellen und so unsichere historische Ereignisse mit einem etwaigen Datum versehen.

Platons Mutter Perikone leitete ihr Geschlecht von einem Verwandten Solons ab. Dieser Staatsmann war etwa 640 v.Chr. in Athen geboren und vermutlich um 560 v.Chr. gestorben. Solon hatte Athen eine neue Verfassung gegeben. Die Familie von Platons Vater Ariston berief sich sogar auf die Abstammung von König Kodros. Als Bauer verkleidet war der König 1068 v.Chr. in das Lager der dorischen Krieger gegangen und hatte die Feinde so lange gereizt, bis sie ihn erschlugen. Warum sich Kodros dazu entschlossen hatte? War er lebensmüde gewesen? Nein! Ein Orakel band den Sieg Athens an den Tod des Königs. Deshalb hatte sich König Kodros geopfert. Mit seinem Freitod endete das Königtum in Athen.

In frühester Kindheit verlor Platon seinen Vater. Als die Mutter erneut heiratete, war Platon noch ein Kind. Wie alle Söhne aus vornehmen Familien genoss der hochbegabte Knabe eine sorgfältige Ausbildung. Privatlehrer unterrichteten den Jüngling in Sport, Grammatik, Rhetorik, Malerei und Dichtung. Bei einem Kitharaspieler lernte er, auf einer Leier zu spielen. Platons Familie nahm regen Anteil an der Politik der Republik Athen. Seiner Herkunft nach strebte Platon in jungen Jahren eine politische Laufbahn an.

Im Alter von zwanzig Jahren lernte er Sokrates kennen. Dessen Geistesrichtung zog ihn gewaltig an, ließ ihn nicht los, ergriff Platons Denken.

Ganz besonders beeindruckte den jungen Platon das Interesse von Sokrates für das Zusammenleben der Menschen. Wie soll ich leben? Auf welchen Fundamenten kann eine gerechte Staatsordnung entstehen? Welchen Platz nimmt der Einzelne in einem solchen Staat ein? Zu welchen Idealen soll die Jugend erzogen werden? Dies waren die Fragen, um die Sokrates rang, auf die er Antworten suchte. Sokrates schrieb keine einzige Zeile auf, nur dank Schriften zeitgenössischer Philosophen und Dichter wurde er seiner Nachwelt bekannt. Beliebte Zitate aus den Worten von Sokrates: „Wer glaubt, etwas zu sein, hat aufgehört, etwas zu werden." oder „Ich weiß, dass ich nichts weiß." Auch dies sind Worte von Sokrates: „Die Jugend von heute liebt den Luxus, hat schlechte Manieren und verachtet die Autorität. Sie widersprechen ihren Eltern, legen die Beine übereinander und tyrannisieren ihre Lehrer."

Zwischen Platon und Sokrates entwickelte sich ein vertrautes Schüler-Lehrer-Verhältnis. Rund ein Jahrzehnt blieb Platon bei Sokrates, bis zum Tod des geliebten Lehrers. Als Lehrer und Vorbild formte Sokrates das Fühlen, Denken und Handeln seines Schülers Platon.

Doch in welche Zeiten war Platon bloß hineingeboren? Diese wollten so gar nicht zu dem wohlbehüteten Dasein in der Familie und zu seiner Freundschaft mit Sokrates passen. Kindheit und Jugend erlebte er in einer 25-jährigen Folge von Kriegen zwischen Athen und Sparta. In deren Zwietracht wurden nach und nach alle griechischen Stadtstaaten hineingezogen. Schließlich erschütterten diese Kämpfe die gesamte griechische Staatenwelt. In die Geschichte ging diese Zeit als der „Peloponnesische Krieg" ein, er währte von 431 bis 404 v.Chr. Einige Historiker sprachen später vom „Dreißigjährigen Krieg der Antike".

Der Krieg endete 404 v.Chr. mit dem Sieg Spartas und der totalen Katastrophe für Athen. Seit zwei Jahrhunderten hatten in Athen drei gewählte Einrichtungen über Gesetz und Recht zu entscheiden: die Volksversammlung, der Rat der Fünfhundert und die Volksgerichte. Unter Spartas Schutz stürzten Mitglieder aristokratischer Familien diese Verfassung und setzten an deren Stelle die Terrorherrschaft der 30 Tyrannen.

Kritias und Charmides – zwei enge Verwandte von Platon – agierten als die führenden Oligarchen. Sie luden den 23-jährigen Platon zur Teilnahme am politischen Leben ein.

Ohne Umschweife lehnte er ab. Platon missbilligte dieses Regime, ja mehr noch, er verurteilte dieses System als verbrecherisch. Acht Monate währte der schändliche Spuk, dann ging die Schreckensherrschaft zu Ende. Doch schon begannen neue Kämpfe mit Ränkespielen, Intrigen und Morden: Auf der einen Seite rangen Aristokraten um die Wiedergewinnung längst verlorener Privilegien, auf der Gegenseite kämpften Anhänger republikanisch gesinnter Athener um den Wiederaufbau der Demokratie.

Die politischen Wirren ließen Platon an Athen verzagen. Zum Trauma entwickelte sich der Prozess, der im Jahre 399 v.Chr. gegen seinen Lehrer angezettelt wurde. Ein ums andere Mal fragte sich Platon: Warum nur diese Anklage gegen Sokrates? Feinde von Sokrates erhoben gegen Platons Lehrer den schwersten Vorwurf, den Athener Gesetze kannten: Mit seinem Philosophieren über Moral und einen gerechten Staat verderbe Sokrates die Jugend.

Die Verurteilung des geliebten Lehrers und der eigenhändige Vollzug des Todesurteils durch Sokrates selbst gaben Platon den letzten Anstoß, an Athens Staatsform zu verzweifeln: Zum einen widersprachen die politischen Parteikämpfe seinem philosophischen Geist, zum anderen hasste er die allmählich wieder emporkommende Demokratie. Platon verachtete die Demokratie, weil nach seiner Meinung in der Demokratie eine unwissende und verantwortungslose Volksmenge beschließe, was ihr gerade passe.

Platon, inzwischen 30-jährig, wählte freiwillig das Exil, verließ sein geliebtes Athen und begab sich auf eine Reise durch die griechisch sprechende Welt. Er hoffte, Anregungen für gerechtere Staatsformen zu finden. Ob er ahnte, dass seine Reise zwölf Jahre währen würde?

Viele Einzelheiten dieser Reise bleiben im Dunkeln. Als sicher gilt: Platon betrat 399 v.Chr. in Piräus die Planken eines Schiffes, das ihn zunächst nach Megara am Saronischen Golf brachte. Diese kleine Stadt auf halbem Wege zwischen Athen und Korinth hatte im Peloponnesischen Krieg schlimmste Verwüstungen hinnehmen müssen. Fünf Jahre vor Platons Ankunft hatten die Bewohner dieser Landschaft die drückende spartanische Fremdherrschaft abgeschüttelt. In ihrem Hass auf die Terrorherrschaft hatten sie alle Viehherden der Aristokraten getötet. Die Stadt erklärte sich zu der unabhängigen Polis Megara. Was könnte Platon als Aristokrat in diese Kleinstadt gelockt haben?

Sicher wollte Platon den Philosophen Euklid von Megara besuchen. Zum einen gab es für beide viel zu erzählen, vor allem über gemeinsame Erinnerungen an die Zeit, als sie beide Schüler von Sokrates gewesen waren. Zum anderen hatte Euklid in der Stadt am Golf eine eigene Philosophenschule gegründet und Platon wollte wissen: Zu welchen philosophischen Auffassungen war Euklid gelangt?

Wahrscheinlich beriet er sich mit Euklid auch noch einmal über seine Reisepläne. Sollte er nach Milet, Ephesos oder Knidos reisen? Schließlich hatten dort an der Küste von Kleinasien solch berühmte Naturphilosophen wie Thales, Anaximenes und Heraklit gewirkt. Doch hatte nicht Sokrates diese klugen Köpfe hart kritisiert?

Der Vorwurf von Sokrates lautete: Thales, Anaximenes, Heraklit und andere Naturphilosophen hätten allein nach der Beschaffenheit der Natur gefragt, es komme aber darauf an, über die Beschaffenheit des menschlichen Denkens und Handelns nachzudenken. Und konnte Platon in diesen

Städten überhaupt Anregungen für eine gerechte Staatsform erhoffen? Mussten sich diese Städte doch ihr Wohlergehen mit Übereinkünften und Zugeständnissen an den persischen König erkaufen.

Letztlich entschied sich Platon in seinen Reiseplänen für griechische Städte, die sowohl in ihrer Größe als auch in ihrer wirtschaftlichen und kulturellen Bedeutung gegenüber Athen nicht zu sehr abfielen. Aus dieser Sicht boten sich Syrakus auf Sizilien und Cyrene (im heutigen Libyen) an. Syrakus war die zweitgrößte griechische Stadt nach Athen. Cyrene war die größte unter den von griechischen Siedlern in Nordafrika gegründeten Städten. Auch Tarent erkor Platon als Reiseziel. Die Stadt galt als neues kulturelles Zentrum von Großgriechenland.

Selbst Ägypten soll auf der Reiseliste des Weltenbummlers gestanden haben. Einzelheiten und Daten einer solchen Reise kann die Quellenlage jedoch nicht eindeutig ausweisen. Könnte es sein, dass der Aufenthalt in Ägypten einige Jahrhunderte später von Anhängern Platons nur erfunden worden ist? Einiges spricht für diese Annahme: Auf diese Weise hätten sie ihren wie einen Gott verehrten Philosophen mit den Traditionen der ägyptischen Wissenschaft in Verbindung bringen können und so Platons ohnehin schon großen Ruhm in der Nachwelt noch weiter gesteigert.

Als sicher gilt: Platon bestieg in Megara einen Frachtensegler, der ihn zunächst immer am Peloponnes entlangführte, vorbei an den Inseln Kythera, Antikythera und einigen weiteren kleineren Inseln, bis das Schiff schließlich Kreta erreichte – die Insel, wo einst Aphrodite aus dem Schaum der Meeresflut geboren und ans Licht gestiegen war. Kreta versperrte wie ein Querriegel den Weg an die nordafrikanische Küste.

Auf Kreta wechselte Platon das Schiff. Er suchte sich einen schnelleren Segler. Der Bootsmann hatte schon mehrmals die riskante Überfahrt zwischen Kreta und der afrikanischen Küste gemeistert – riskant, weil zwischen Kreta und der nordafrikanischen Küste keine Insel mehr dem Schiff den Kurs wies und auch nachts gesegelt werden musste. Sicher verglich Platon seine lange Reise entlang der afrikanischen Küste nicht mit den Irrfahrten des Odysseus. Indes hoffte er bestimmt, dass die Bewohner von Cyrene ihn gastfreundlich aufnehmen würden wie die Einwohner dieses Küstenstriches einst den Helden Odysseus mit seinen Gefährten wohlwollend eingeladen hatten.

Während der vielen Stunden auf See dachte Platon immer aufs Neue über einen gerechten Staat nach. Ob er sich auch Gedanken über die Entstehung und den Aufbau der Welt hingab? Geht es um die Entstehung der Welt, dann lauten die allerersten Fragen: Kann die Welt aus dem Nichts, aus einer gähnenden Leere entstanden sein? Ist sie allein oder mithilfe einer göttlichen Macht entstanden? Wie ist die Welt aufgebaut?

Wir wissen nicht, ob Platon bereits zu dieser Zeit solche Fragen erwog – vermutlich noch nicht. Falls doch, fand dieses Besinnen ein Ende, als am Horizont der Hafen von Apollonia auftauchte.

Heute ist dieser frühere Hafen von Cyrene weitgehend im Mittelmeer versunken. Die Küste von Libyen hat sich im Laufe der Jahrhunderte gesenkt. Die Stadt Cyrene selbst liegt im Hochland in einer grünen Senke. Ihren Wohlstand verdankten die Bürger einem florierenden Handel mit Gewürzen und Getreide. Die Landschaft um Cyrene war eine riesige Kornkammer. Zeitweilig versorgte Cyrene 40 griechische Städte mit Weizen und Gerste.

In dieser Stadt gab es für Platon vieles zu bestaunen, zum Beispiel ihm unbekannte Früchte wie die Lobosfrucht. Ob Platon beim Probieren einer dieser fremden Köstlichkeiten daran dachte, dass die Gefährten des Odysseus beim Verspeisen dieser Frucht ihre Heimat vergessen haben sollen? Wird sich Platon in Cyrene beim Erblicken der Tempel für Apollon und für Zeus, beim Bewundern der Agora mit dem Tempel für Bacchus und der Stoa für Hermes und Herkules mit Wehmut an seine Heimatstadt erinnert haben? An die Agora in Athen mit dem Tempel für Hephaistos und an den Burgberg mit der Akropolis? Heute zählen die Ruinen all dieser Bauwerke in Cyrene zum Welterbe der Menschheit, atmen immer noch Leben.

In Cyrene interessierte sich Platon wiederum eingehend für die in der Verfassung verankerten Rechte und Pflichten der Menschen sowie für die Philosophenschule der Stadt. Wie in Megara hatte auch diese Schule ein Schüler von Sokrates gegründet. Weit über die Stadt hinaus genoss die Schule einen erstklassigen Ruf. In Cyrene lernte Platon den berühmten Mathematiker Theodoros von Cyrene (460 - 399 v.Chr.) gerade noch vor dessen Tod kennen. Erinnern Sie sich, liebe Leser, aus Ihrem Mathematikunterricht daran, was den Ruhm dieses Mannes begründete? Theodoros bewies als einer der Ersten die Irrationalität der Wurzeln aller Zahlen von 3 bis 17 (außer den Zahlen 4, 9 und 16). Schon vorher war bekannt, dass die Wurzel aus 2 eine irrationale Zahl ist.

Als wichtigstes Ergebnis seiner Reise nach Cyrene entpuppte sich für Platon die Begegnung mit dem Mathematiker Theaitetos. Er war ein Schüler von Theodoros. Mehr als ein Jahrzehnt später kam er nach Athen und stand Platon in allen Fragen der Geometrie zur Seite.

Am Königshof in Syrakus

Als nächstes Ziel steuerte Platon Syrakus an. Schon von Weitem zeigte sich der Ätna. Seit Jahrhunderten wies er den Seefahrern den Weg nach Sizilien. Siedler aus Korinth hatten die ersten Häuser auf der kleinen Insel Ortygia im Mündungsgebiet zweier Flüsse errichtet. Die Stadt hatte sich rasch auf das Festland von Sizilien ausgedehnt. Die griechischen Ankömmlinge und deren Nachfahren waren über Jahrhunderte gezwungen, ihre Selbständigkeit gegen Karthago zu verteidigen.

Im Jahre 405 v.Chr. wählte die Stadt ihren Sohn Dionysios (430 - 367 v.Chr.) zum Feldherrn und gewährte ihm große Sondervollmachten für den Kampf gegen die Feinde aus Nordafrika. Im Friedensschluss erkannten die Karthager schließlich Dionysios als Herrscher von Syrakus an. Danach stieg er zum mächtigsten Tyrannen der Antike auf. Dionysios gründete eine der lang andauerndsten Dynastien jener Zeit. Historiker nannten ihn später Dionysios I. Dessen Macht stützte sich auf eine Leibgarde und eingebürgerte Söldner. In wechselvollen Kämpfen unterwarf der Tyrann den größten Teil Siziliens, ohne allerdings die Karthager jemals gänzlich von der Insel vertreiben zu können.

Die Insel Ortygia ist Syrakus vorgelagert. Auf der Insel hatten die Griechen zwei Tempel zu Ehren von Apollon und Athena erbaut. Bereits lange vor dem Einlaufen ihrer Schiffe in den Naturhafen von Syrakus begrüßten beide Tempel die Ankommenden. Bei einem seiner ersten Besuche hinüber auf das Festland, in die andere Stadthälfte, freute sich Platon auf einen Besuch im Theater. Das eindrucksvolle Rund bot mit seinen 60 in den Fels geschlagenen Sitzreihen Platz für 15 000 Menschen. Viele große

Dichter wie Äschylos ließen ihre Werke zuerst in diesem Theater uraufführen.

An einem späteren Tag wird Platon auch das andere, das abschreckende Gesicht von Syrakus entdeckt haben, zum Beispiel das Ohr des Dionysios, eine künstlich in den Fels gehauene Höhle – 64 Meter lang, 20 Meter hoch und 11 Meter breit. Der geschwungene Eingang in diese Hölle erinnert an ein menschliches Ohr. Die Höhle diente dem Tyrannen als gnadenloses Gefängnis. Die außergewöhnliche Akustik der Höhle ließ in einem Loch oberhalb des Eingangs selbst ein leises Flüstern noch hörbar werden, weshalb dieser Ort so gut zum Bespitzeln der Gefangenen taugte. In einem benachbarten Steinbruch ließ Dionysios I. Kriegsgefangene – auch aus Athen – erbarmungslos bis zum Tod ausbeuten.

Als Platon in Syrakus eintraf, bereitete sich die Stadt bereits auf den nächsten Waffengang vor. Dionysios I. wollte die Karthager vom letzten Zipfel im Südwesten von Sizilien vertreiben, auch aus der Stadt Motye auf einer kleinen vorgelagerten Insel. Mit hohen Gehältern lockte Dionysios I. eine große Zahl von Handwerkern nach Syrakus. Sie kamen aus Großgriechenland, vom griechischen Mutterland und selbst aus dem Staatsgebiet von Karthago. Mit wertvollen Geschenken motivierte er die Techniker, Möglichkeiten zu erkunden, wie ein Damm bis zu der Insel gebaut werden könnte, auf der Motye lag. Zugleich spornte er die Ingenieure an, neuartige Belagerungstechniken zu ersinnen, mit denen er von diesem Damm aus die Stadt erobern könnte.

Unter ihren Händen entstanden auf Rädern fahrbare Türme – etwa sechs Stockwerke hoch. Von deren obersten Plattformen aus konnten Soldaten schmale Fallbrücken auf die Mauern von Motye herablassen und die Stadt erstürmen. Findige Spezialisten konstruierten Katapulte, welche Brandpfeile und schwere Speere über größere Entfernungen schossen, als es die stärksten Söldner mit ihrer Muskelkraft vermochten. Einfallsreiche Könner entwickelten aus den Katapulten die mächtigste Waffe der Antike – die Steinschleuder. Damit katapultierten die Soldaten steinerne Geschosse bis zu einer Masse von 120 Kilogramm auf Stadtmauern und auch darüber hinweg – mitten in die Verteidigungsanlagen und Wohnhäuser hinein.

Seinen enormen Finanzbedarf deckte Dionysios I. mit der Inbesitznahme des Vermögens politischer Gegner. Weitere Einnahmequellen verschaffte er sich mit Kriegsgefangenen, die er als Sklaven verkaufen ließ. Selbst vor dem Einzug von Tempelschätzen scheute er nicht zurück.

Die Hofhaltung des Tyrannen verschlang ein Vermögen. Auf Ortygia hatte sich Dionysios I. eine prächtige Residenz erbauen lassen. Seine Amtstracht, das Herrscherornat, orientierte sich an persischen Vorbildern. Dionysios I. wollte seinen Ruhm als mächtigster Tyrann weit in die antike Welt hinaustragen. Dazu lud er Dichter und Philosophen ein, die seinen Hof zu einem kulturellen Zentrum der griechischen Welt werden ließen.

Auch Platon genoss die Gastfreundschaft des Tyrannen. Der Aufenthalt am Hofe von Dionysios I. dürfte indes für den Philosophen wenig ertragreich gewesen sein. Welche zündende Idee für einen gerechten Staat sollte dort aufflammen? Als einzigen Erfolg konnte Platon die Freundschaft verbuchen, welche er mit Dion, dem jungen Neffen des Tyrannen geschlossen hatte. Auch dieser wird später zu Platon nach Athen kommen. Umso erfolgreicher gestaltete sich seine Reise nach Tarent im antiken Süditalien.

Die Jahre in Tarent hinterließen in Platons Denken die prägendsten Spuren der langjährigen Reise. In dieser pulsierenden Stadt genoss ein Mann das größte Vertrauen der Bevölkerung, sein Name: Archytas. Obwohl die Verfassung die Wiederwahl eines Strategen nicht zuließ, wählten die Bürger sieben Mal hintereinander Archytas zum Feldherrn der Stadt. Die Lebensdaten von Archytas sind extrem unsicher – geboren zwischen 435 und 410 v.Chr. und gestorben zwischen 355 und 350 v.Chr. Zu jener Zeit erhob sich Tarent zur tonangebenden Kraft am Golf von Tarent, ließ Kroton, die ehemals führende Stadt in Großgriechenland, weit hinter sich zurück.

Archytas entwickelte Tarent zu einem Hauptsitz der mathematischen Studien jener Zeit. Unter den Zeitgenossen wurde er mit der Lösung eines der drei unlösbaren klassischen Probleme der antiken Mathematik bekannt. Kennen Sie aus dem Mathematikunterricht noch diese Legende?

Eines Tages brach auf der Insel Delos eine Seuche aus, die kein Ende nehmen wollte. Die Menschen schickten Boten nach Delphi, um das Orakel zu befragen. Als die Ausgesandten zurückkehrten, überbrachten sie die Antwort der Pythia: Die Seuche höre auf, wenn die Bewohner von Delos den Altar verdoppelten, den sie Apollon geweiht hatten. Der Altar besaß die Gestalt eines Würfels. Hinter dem Orakel verbarg sich damit ein mathematisches Problem: Ein Würfel soll allein mit Zirkel und Lineal – ohne Maßstab – in einer endlichen Anzahl von Schritten verdoppelt werden. Die Lösung von Archytas entsprach dieser Forderung nicht ganz, er musste seine Konstruktionen auf zwei senkrecht zueinanderstehenden Ebenen ausführen.

Archytas war nicht nur Mathematiker, er war vor allem der letzte führende Kopf der Pythagoreer. Sie kennen noch den Satz des Pythagoras? Dieser gehört nicht zu dem, was für Platon an Pythagoras interessant war – es ist auch ziemlich sicher, dass Pythagoras diesen Lehrsatz in Ägypten kennengelernt und nicht selbst entdeckt hat. Womit beeindruckte dann Archytas den Weltenbummler Platon?

Im ausgehenden 6. Jahrhundert v.Chr. hatte Pythagoras in der wegen seines wohltuenden Klimas noch heute gerühmten Stadt Kroton eine Gemeinschaft Gleichgesinnter gegründet. Welche Motive Pythagoras zum Verlassen seiner Heimatinsel Samos bewogen hatten? Das ist nicht ganz klar. War es allein seine Ablehnung der Herrschaft des Tyrannen Polykrates? Kam möglicherweise die Furcht vor einer persischen Eroberung seiner Heimat hinzu? Oder war Pythagoras vielleicht doch vor allem von seinen Landsleuten enttäuscht, weil bei diesen seine Ideen keinen Anklang fanden? Sicher spielte vieles zusammen.

Nach ihrem Gründer benannten die Westgriechen die Mitglieder der von Pythagoras gegründeten Gemeinschaft als Pythagoreer. Ihr Bund bestimmte in den nächsten eineinhalb Jahrhunderten maßgeblich das wissenschaftliche, religiöse und politische Leben der meisten Städte in Großgriechenland. Sicher hörte Platon viele Legenden über Pythagoras. Allein verbürgte historische Zeugnisse fehlten schon damals, denn Pythagoras hat nichts Schriftliches hinterlassen.

Die Mitglieder des Bundes waren in zahlreichen öffentlichen Ämtern tätig. Auf diese Weise gewannen die Pythagoreer einen immer größeren politischen Einfluss auf die Gesetzgebung und die Verwaltung vieler Städte. Sie gestalteten das Leben im Sinne einer streng aristokratischen

Ordnung. Die Sittenlehre der Pythagoreer kannte nichts Höheres als die Unterordnung des Einzelnen unter das Ganze. Ohne Obrigkeit – so glaubten sie – könnte das Menschengeschlecht nicht bestehen. Die wissenschaftlichen Forschungen der Pythagoreer rankten sich um Fragen nach der Ordnung und dem Aufbau der Welt.

Um 490 v.Chr. entstand in Kroton erstmals eine stärkere Bewegung gegen den Einfluss der Pythagoreer. Weitere Aufstände folgten, einige mündeten in grausame Verfolgungen der Pythagoreer. In Syrakus prüfte Dionysios I., wie weit es her sei mit der viel gerühmten Verbundenheit der Pythagoreer im Angesicht des Todes. Erinnern Sie sich noch an Ihre Schulzeit? Diese Prüfung gab den Hintergrund für Schillers Ballade „Die Bürgschaft“:

Zu Dionys, dem Tyrannen, schlich
Möros, den Dolch im Gewande;
Ihn schlugen die Häscher in Bande.
„Was wolltest du mit dem Dolche, sprich!“
Entgegnet ihm finster der Wüterich.
„Die Stadt vom Tyrannen befreien!“
„Das sollst du am Kreuze bereuen.“
...

Nur in Tarent gelangten die Pythagoreer mit Archytas ein letztes Mal zu großer Blüte. Dem inzwischen schon fast 40-jährigen Platon widerfuhr der Glücksfall, die Gastfreundschaft dieses Mannes zu gewinnen, ohne dass es zu einer echten Freundschaft gekommen wäre. Archytas war es, der Platon in die Lehren der Pythagoreer einführte.

Schmuggeln wir uns als stumme Zuhörer in eines ihrer Gespräche über die Lehren der Pythagoreer ein.

„Lieber Platon, in den letzten Wochen kreisten unsere Gespräche immer wieder um die unsterbliche Seele. Ich sprach davon, wie die Seele aus einer Art Lebewesen in eine andere Art übergeht, weshalb wir Pythagoreer keine Tiere töten und deren Fleisch nicht essen. Lange verweilten wir bei der Frage: Wie kann die Seele innerhalb dieser Seelenwanderung gereinigt werden? Einig waren wir uns, dass die Seele aus drei Teilen besteht. Diese haben ihren Sitz in verschiedenen Regionen des Körpers: die Vernunft im Kopf, der Mut in der Brust und das Begehren im Bauch."

Platon nickte zustimmend.

„Heute möchte ich dich zu einem neuen Thema führen: Wie kann die Seele zu Gott finden?"

Archytas begann – wie konnte es anders sein – bei Pythagoras. Der geradeste Weg zur Gottheit sei die intellektuelle Tätigkeit, weshalb Pythagoras allen Schülern das Studium der Arithmetik, Geometrie, Astronomie und Musik auferlegte.

„Das ist es wohl, lieber Archytas, was ich schon hörte: Für euch Pythagoreer steht die Beschäftigung mit der Mathematik im Range einer religiösen Handlung."

Archytas erinnerte an die geflügelten Worte „des Meisters", wie sie „ihren" Pythagoras nannten:

„Der Geist sollte und könnte sich läutern durch die Orgien der Mathematik. Das bedeutet: Die Mathematik kann die Seele heilen. Im Mittelpunkt unserer mathematischen Studien stand daher immer die Suche nach der schönen, harmonischen Ordnung der Welt."

Den Mitgliedern des Bundes war es streng verboten, Fremden ihre bedeutendsten Erkenntnisse zu verraten. Im Verlauf der vielen Jahre ihres Zusammenseins erlag Archytas dennoch der Versuchung, seinen Gast in die innersten Geheimnisse ihres Bundes einzuweihen. So erfuhr Platon den Geheimschlüssel der musikalischen Harmonien:

„Die Töne einer Leier erklingen in einer Harmonie, wenn sich die Saitenlängen wie kleine ganze Zahlen zueinander verhalten. Befinden sich die Saitenlängen im Verhältnis 1:2 jubilieren sie in einer Oktave. Schwingen die Saiten im Verhältnis 2:3 – lassen sie eine Quinte erklingen. Eine Quarte ertönt bei einem Verhältnis von 3:4."

Aus diesen musikalischen Harmonien erschlossen die Pythagoreer ein weiteres Mysterium:

„Die Harmonien der Musik stehen mit den ersten vier kleinen ganzen Zahlen in einem unmittelbaren Zusammenhang. Deshalb begannen die Pythagoreer die Zahl ZEHN zu verehren. Die ZEHN ist die Summe der ersten vier Zahlen, in deren Verhältnissen die himmlischen Harmonien verborgen sind."

Auch in der Geometrie suchten die Pythagoreer nunmehr nach Harmonien und nach der Gestalt des Schönen. Harmonien fanden sie in der harmonischen Teilung einer Strecke:

„Die harmonische Teilung einer Strecke erreichten wir Pythagoreer auf zweierlei Weise: in Gestalt der vollkommenen Proportion" – diese Proportion haben Sie, liebe Leser, in der Schule als „Goldenen Schnitt" kennengelernt – „sowie in Gestalt musikalischer Proportionen wie 1:2 oder 2:3 oder 3:4."

Das Verlangen nach Schönheit dominierte die Suche der Pythagoreer nach den schönsten Flächen und den schönsten Körpern:

„Der Kreis ist die schönste Fläche – sie ist die einzige Fläche ohne Ecken und Beulen. Die nächstschönsten Flächen sind regelmäßige Vielecke. Die Kugel ist der schönste Körper – sie ist der einzige Körper ohne Ecken, Kanten oder Beulen. Die nächstschönsten Körper sind das Tetraeder, das Hexaeder, das Oktaeder und das Ikosaeder."

Lassen Sie uns an einer weiteren Unterhaltung der beiden Männer teilnehmen. Archytas und Platon sprechen wieder einmal über die Harmonien in der Musik und in der Geometrie. Im Verlauf des Gesprächs kehrt Platon immer wieder auf ein und dieselbe Frage zurück:

„Worin zeigen sich die Harmonien im Kosmos?"

„Wenn du nach dem Schönen im Himmel suchst, musst du mehrere Fragen verfolgen: Welche Gestalt haben die Himmelskörper? Wie viele Himmelskörper gibt es? Wie bewegen sie sich? Welche himmlischen Harmonien erzeugen die Himmelskörper auf ihren Wegen? Wir Pythagoreer sind stolz darauf, die göttliche Harmonie des Kosmos als Ursache für die Gestalt, die Anzahl und die Bewegung der Planeten aufgedeckt zu haben."

„Und wie denkt ihr euch die Welt als Ganzes?"

„Die Welt denken wir uns bis zur Vollkommenheit geordnet. Sterne und Planeten strahlen als ihr Schmuck. Nach dem Wort ‚Kosmos' für Ordnung und Schmuck nannten unsere frühen Mitglieder des Bundes das Weltall selbst ‚Kosmos'. Sie hatten keine Beweise dafür, dennoch: Die Gestalt der Erde und aller anderen Himmelskörper konnten sie sich nur als äußerst vollkommene, makellose Körper vorstellen – und das waren allein Kugeln."

Platon war von dieser Idee einer makellosen Kugelgestalt der Erde und aller Himmelskörper begeistert, wie verzaubert. Für kurze Zeit fehlten ihm die Worte. So konnte Archytas frei von Zwischenfragen ausmalen, wie sich die Pythagoreer den Aufbau des Kosmos vorstellten:

Zuerst hätte sich im Kern des Weltganzen das Feuer gebildet, nach seiner Lage nannten sie es Zentralfeuer. Aus der Verehrung der Zahl ZEHN schlussfolgerten sie weiter, dass zehn himmlische Körper das Zentralfeuer umkreisten. Diese waren von außen der Fixsternhimmel, diesem folgten die Planeten Saturn, Jupiter, Mars, Venus und Merkur, weiter innen beendeten Sonne, Mond und Erde den Reigen. Als die Pythagoreer die Anzahl der beobachtbaren Himmelskörper abzählten, waren sie irritiert, geschockt, ja verzweifelt – sie kamen nur bis neun. Aus dem Glauben an die vollkommene Harmonie des Weltgebäudes und aus dem Vertrauen in die Zahl ZEHN als Inbegriff der Harmonie ersannen die frühen Pythagoreer einen zehnten Himmelskörper und nannten diesen „Gegenerde".

Platon staunte, misstraute diesen Vorstellungen.

„Habe ich richtig gehört: Zentralfeuer? Gegenerde? Da überkommen mich Zweifel! Was versteht ihr denn unter dem Zentralfeuer? Und dann: Wo sollen sich das Zentralfeuer und die Gegenerde befinden? Wir sehen doch im Kosmos weder ein Zentralfeuer noch eine Gegenerde!"

„Nach unseren Vorstellungen", argumentierte Archytas, „können die Planeten einschließlich der Sonne, aber auch die Fixsterne nicht ewig von selbst leuchten. Sie erhalten ihr Licht vom Zentralfeuer."

„Wieso sind das Zentralfeuer und die Gegenerde dem menschlichen Antlitz verborgen?"

Auch dafür gebe es eine einleuchtende Antwort:

„Erde und Gegenerde bewegen sich so, dass sich das Zentralfeuer stets zwischen der Erde und der Gegenerde befindet. Zudem bewegt sich die Erde in einer solchen Weise um das Zentralfeuer, dass die Erde der Gegenerde und dem Zentralfeuer immer dieselbe Seite, nämlich ihre unbewohnte Seite zukehrt. Als Folge können die Strahlen des Zentralfeuers die Menschen auf der bewohnten Seite nicht unmittelbar erreichen – erst nach der Reflexion der Strahlen des Zentralfeuers an der Sonne gelangt das Licht zur Erde."

Ungläubig wiegte Platon sein Haupt hin und her. Ein spöttisches Lächeln umspielte seinen Mund. Archytas erkannte: Es war ihm nicht gelungen, die Zweifel seines Gegenübers zu zerstreuen. Deshalb fügte er hinzu:

„Ich gebe ja zu: Das Ganze ist nicht ohne Tücken. Es gibt auch bei uns einige neuere Astronomen, die meinen, ein Zentralfeuer wäre überflüssig. Sie prüfen noch, ob es möglich wäre, die Erde in die Mitte der Welt zu setzen. Die neueren Ideen für die göttliche Harmonie des Kosmos gehen vor allem auf unseren Astronomen Philolaos von Kroton zurück, der erst vor wenigen Jahren gestorben ist."

„Der Fixsternhimmel ganz außen", begann Platon seinen Einwand, „dieser Fixsternhimmel, bildet dieser die Grenze des Kosmos? Und wenn die Fixsterne den Rand des Kosmos bilden: Was befindet sich dahinter?"

Archytas meinte: Da gingen die Standpunkte auseinander.

„Einige behaupten, dahinter sei endlos leerer Raum, andere beteuern, dahinter sei gar nichts, nicht mal ein leerer Raum. Noch andere meinen, dahinter gäbe es noch unzählige Welten, so wie es auch jenseits unserer Stadtmauern andere Städte gebe."

Da von Platon keine Einwände kamen, setzte Archytas fort:

„Bleibt noch die Frage: Wie bewegen sich die Planeten?"
Die Antwort lautete:

„Für uns Pythagoreer ist es undenkbar, Planeten anzunehmen, die sich frei im Himmel bewegen. Die Planeten und die Fixsterne sind an durchsichtigen Hohlkugeln befestigt, die wir Sphären nennen. Die Sphären drehen sich um ihre Achsen und nehmen die Gestirne mit."

„Dann müssten sich die Planeten gleichmäßig am Himmel bewegen – das tun sie jedoch nicht, wie alle Astronomen wissen."

Diesen Einwand hatte Archytas schon erwartet und räumte ein:

„Hierauf wissen wir noch nicht die volle Antwort. Seit langem sind diese Unregelmäßigkeiten im Lauf der Planeten bekannt. Der Lauf einiger Planeten am Himmel gleicht mehr einer Schleifenbahn als einer Kreisbahn. Dies lässt nur eine Deutung zu: Die Planeten müssen zu der einen Zeit schneller laufen, zu einer anderen aber langsamer sein und zu wieder anderen Zeiten sogar rückwärts laufen oder kurzzeitig stillstehen. Warum? Das weiß niemand."

Einig seien sich alle Pythagoreer jedoch in dem einen:

„Eine solche Unordnung ist unvereinbar mit der göttlichen Ordnung im Kosmos. Die Bewegung der Planeten kann nur eine gleichförmige Bewegung auf einer makellosen Kreisbahn sein."

Augenblicklich entstand für Platon die Frage:

„Wie lassen sich bei Annahme kreisförmiger und völlig gleichförmiger Bewegungen der Gestirne die beobachtbaren Unregelmäßigkeiten erklären?"

„Lieber Platon, vielleicht gelingt es dir eines Tages, dieses Rätsel zu lösen. Von uns Pythagoreer hat noch keiner die Antwort gefunden."

„Und wie entstehen beim Rotieren der Planeten die musikalischen Harmonien?“

„So wie ein schnell fliegender Pfeil einen Ton erzeugt, ist dies auch bei der Bewegung der Gestirne. Die Höhe der Töne setzen wir mit der Geschwindigkeit der Gestirne in Beziehung. Insgesamt erzeugt jeder Planet mit seinem Umschwung einen Ton. Alle zusammen ergeben eine Reihe von Tönen, die eine Harmonie bilden. Wir betrachten die sieben Planeten als die goldenen Saiten der himmlischen siebensaitigen Leier.“

„Archytas sag: Warum hören wir diese Harmonien nicht wie bei einer Leier?“

Zögernd, unsicher gab Archytas zu bedenken:

„Ein Grund könnte sein, dass die Menschen diese Musik von Geburt an fortwährend gehört haben und daran gewöhnt sind. Möglicherweise sind die Ohren der Menschen zu eng, um die Sphärenmusik einfangen zu können. Und schließlich sind die Planeten ja sehr weit weg.“

Damit ging ihre Unterhaltung über die Harmonien der Welt zu Ende.

Für Platon schufen die geometrischen Erkenntnisse der Pythagoreer wohl den bedeutendsten Eckpfeiler seines künftigen Denkens: Die Geometrie sei die einzig wahre Quelle des Wissens, ihr käme eine besondere Bedeutung zu.

Allein in einer mathematischen Frage blieben die Bemühungen des Archytas bei Platon völlig erfolglos: Platon fand keinerlei Zugang zur Zahlenmystik der Pythagoreer. Und da war er mit an Sicherheit grenzender Wahrscheinlichkeit nicht der Einzige. Für die Pythagoreer dienten Zahlen nicht nur zum Abzählen. Jede der Zahlen 1 bis 10 verkörperte für sie besondere Kräfte, die im gesamten Kosmos wirken würden. Mit dem Ableben der Sekte verschwand auch deren Zahlenmystik im Dunklen der Geschichte.

Allein die Zahlenmystik aus dem Alten Orient und aus der griechischen Mythologie beherrschte weiterhin das Denken vieler Menschen. So standen zum Beispiel die DREI für die göttliche Vollkommenheit. Daran erinnern die Drei Heiligen Könige, die drei Söhne Noahs, die drei christlichen Tugenden und die ersten drei der christlichen Gebote. Die VIER galt als Zahl für die Ordnung in der Welt – zum Beispiel mit den vier Himmelsrichtungen. Die SECHS war die Zahl des Makrokosmos. Sie verband Materielles und Geistiges. Im Alten Testament ist sie die Zahl der Schöpfungstage. Die SIEBEN bezeichnete die Vollkommenheit des Universums. Ursprung dieser Deutung ist die Anzahl der sieben in der Antike bekannten Planeten. Daher zählte man sieben Weltwunder und Theben erhielt sieben Tore. Die ZEHN entspricht der Anzahl der Finger beider Hände und wird als geistige Vollkommenheit und Weisheit gewertet. Daher gibt es in der Bibel zehn Gebote. Die ELF steht für die Maßlosigkeit, weil diese Zahl die in der ZEHN ausgedrückte Weisheit übersteige. Ob später in England die ersten Fußballspieler diese Bedeutung der ELF übersahen? Oder doch nicht? Ahnten sie die Gehälter der Fußballspieler im Voraus?

Für Platon verrann die Zeit – Woche für Woche, Monat für Monat, Jahr für Jahr. Während seiner langen Reise tobten im griechischen Mutterland immer neue Kriege, nahmen die Schicksalsschläge für Athen kein Ende. Historiker fassten diese Kriege, die sich an den „Dreißigjährigen Krieg der Antike“ anschlossen, später zum „Korinthischen Krieg“ zusammen und datierten diesen für die Jahre 395 bis 387 v.Chr.

Platon hatte in den letzten Jahren immer häufiger an seine Heimatstadt gedacht, nahm begierig die meist wenig hoffnungsvollen Neuigkeiten von Reisenden auf. Sogleich tauchten Erinnerungen an Athen auf, kehrten immerfort dieselben bangen Fragen zurück:

Wann wird die Unfähigkeit der griechischen Stadtstaaten zu einem friedlichen Nebeneinander endlich ein Ende finden?

In welchem Staat kann der Mensch glücklich werden?

Für sich persönlich fragte Platon:

Welchen Platz könnte er nach einer Rückkehr in Athen einnehmen?

386 v.Chr. diktierte der Perserkönig Artaxerxes II. schließlich einen Friedensvertrag. Dieser ging als „Königsfrieden“ in die Geschichte ein. In dem Vertrag erhielt Athen die alte Unabhängigkeit zurück. Dies empfand Platon als Signal für die Heimkehr. Nach einer 12-jährigen Reise kehrte der inzwischen hochgebildete Weltenbummler nach Athen zurück.

Die Stadt hatte sich leidlich von der Katastrophe des Peloponnesischen Krieges erholt. Vieles hatte sich freilich geändert. Die Politik verzichtete auf weit ausholende Ziele, unter den Bürgern schwand denn auch das Interesse für Politik. Der Einzelne richtete sein persönliches Leben so behaglich wie möglich ein und den meisten gelang dies nicht einmal schlecht.

Platon kehrte mit dem festen Entschluss zurück, in Athen als Lehrer zu wirken und eine eigene Philosophenschule zu gründen.

Die Schule im Grünen

Lehrer in Athen? Das konnte ein jeder sein, der sich dazu berufen fühlte – vorausgesetzt, er fand Schüler. Lehrer und Schüler trafen sich auf öffentlichen Plätzen wie der Agora. Dieser annähernd quadratische Platz inmitten der Stadt diente den Athenern als Markt- und Versammlungsplatz. Von drei Seiten umsäumten Wandelhallen die Agora, spendeten Schatten. An der vierten Seite stand das Rathaus, es schloss den Platz nach Westen ab. Dahinter erhob sich der Tempel für Hephaistos, den Gott des Feuers, der Schmiedekunst und des Handwerks. Quer über die Agora verlief die Heilige Straße, sie führte zur Akropolis hinauf.

Ein Gewirr an Stimmen durcheilte die Wandelhallen. Händler priesen ihre Waren an: von Sandalen und irdenen Schüsseln über Brotfladen, Auberginen und Fenchel bis zu Ziegenköpfen und Tintenfischen. Wunderheiler und Bartschneider rühmten ihre Dienste. Wahrsagerinnen und Astrologen überboten sich mit Ratschlägen und Horoskopen zu Tagesgeschäften und für die Zukunft. Zwischen all diesem Treiben wuselten Männer, die im Rathaus den Kauf eines Grundstücks besiegelten oder um Aufschub der Steuerlast nachsuchten.

Kurzum: Ernsthafte Lehrer mieden die Agora. Neben Zuhörern, denen es auf klare Argumente und messerscharfe Schlüsse ankam, fanden sich bloße Gaffer und Amüsierlustige ein – sie störten, suchten lediglich ihre Neugier und Klatschsucht zu befriedigen.

Allein „Lehrer der schönen Rede" fanden sich in weißen Togen auf der Agora ein. Gegen Geld lehrten sie die Menschen sprachliche Tricks und Wortgeklingel, mit dem sie im

Streitgespräch den betrügerischen Anschein eines Sieges erringen konnten. Diese Sophisten – so nannten sich die „klug Denkenden“ – erreichten nicht allein die vermögende Oberschicht: Ihr Unterricht entsprach den Bedürfnissen vieler Bürger: Sie wollten sachkundig beschlagen und rhetorisch geschult ihre Rechte wahrnehmen können. Sokrates brandmarkte die Sophisten als „Lehrer der Scheinwahrheit“. Dennoch: Die Sophisten leiteten einen Wandel in Lehre und Wissenschaft ein, kümmerten sich mehr um den Menschen als um den Kosmos.

Ernsthafte Lehrer nannten sich Philosophen – „nach Weisheit Suchende“. Sie lehnten jedwede Bezahlung ab, mieden öffentliche Orte wie die Agora, suchten ruhige Winkel. Zum beliebten Ort für den Gedankenaustausch zwischen Lehrern, Freunden und Schülern entwickelte sich ein mit Olivenbäumen bestandener und von Quellen bewässerter Hain. Dieser lag nordwestlich vor den Toren Athens. Dieses Stück Erde hatten die Athener ihrem Helden Akademos geweiht. Der Sage nach bewahrte einst Akademos die Stadt vor der Zerstörung durch Kastor und Pollux. Er verriet den Zwillingsbrüdern den Ort, an dem ein Athener ihre entführte Schwester Helena versteckt hielt. In der Erde dieses Hains – so endet die Legende – habe der Held seine letzte Ruhestätte gefunden, weshalb die Athener den Hain als heilig verehrten.

Nahe dem Hain kaufte sich Platon im Jahre 386 v.Chr. ein Grundstück und begründete einen „Philosophischen Garten“, eine „Schule im Grünen“. Im ehrenden Andenken an den Helden Akademos benannte er die Schule „Akademie“.

Platon gründete die Akademie nach dem Vorbild des pythagoreischen Bundes: Jedes Mitglied entrichtete einen monatlichen Beitrag – die Leitung der Akademie und die Verwendung ihres Vermögens oblagen Platon. In dem weitläufigen und reich mit Bäumen bestandenen Garten bezog der Philosoph ein eigenes Gebäude. Einige Mitglieder errichteten sich in dem Garten Hütten oder Lauben, andere kamen täglich aus Athen. Hausklaven bewirtschafteten Felder und Gärten.

Platon ließ seine Philosophenschule im Stil der Zeit erbauen. Nischenartig öffneten sich die Räume auf einen Hof. Dessen Mitte zierte ein Brunnen. Einer der Räume diente für Vorträge und Gespräche. Diesen Raum schmückten Wandgemälde. Auf Wunsch von Platon zeigten die Bilder Szenen aus dem Leben von Sokrates. Für das Aufbewahren der in mühevoller Handarbeit geschriebenen Buchrollen ließ Platon eine kleine Bibliothek errichten. Doppelte Wände schützten die kostbaren Papyrusbahnen – schützten vor Dieben und vor dem Wetter. In zwei angrenzenden Räumen trafen sich die Schüler zu gemeinsamen Mahlzeiten. Viele hingen der Lebensweise der Pythagoreer an – verzichteten auf Eier und Fleisch, ernährten sich rein pflanzlich, schliefen nur wenig. Andere hingegen waren entschiedene Gegner dieser Lebensweise.

In der Akademie studierten etwa 40 Schüler, zeitweise weilten auch ein zwei Frauen darunter. Über die ersten Schüler ist nicht viel bekannt – doch es gibt keine Zweifel: Die meisten Schüler entstammten aristokratischen Familien. Ebenso sicher: Die begüterten Männer und Frauen kamen aus allen Winkeln der griechisch sprechenden Welt.

Mit ihren Prachtbauten auf dem Burgberg, ihren Theatern und wissenschaftlichen Schulen übte die Stadt Athen eine unwiderstehliche Anziehungskraft auf wohlhabende und wissbegierige junge Männer aus. Die Wirren ständiger Kriege hatten ein Ende genommen – zumindest kurzzeitig. Die Menschen hatten sich in die neuen Verhältnisse eingelebt und Athen begann, seinen Rang als intellektuelles Zentrum des Mittelmeerraumes zurückzuerobern. Der Stolz der Athener auf ihre Stadt klingt aus den Worten des Bildhauers Lysippos:

„Wenn du Athen niemals gesehen hast,
bist du ein Klotz,
wenn du's gesehen und kalt geblieben,
ein störrischer Esel,
wenn dir's gefiel und liefst doch weg,
ein dummes Vieh."

Zu den frühesten Schülern der Akademie gehörten Speusippos, Xenokrates und Herakleides.

In seiner Kindheit hatte Speusippos auf dem Schoß seines Onkels Platon gesessen und dessen Geschichten zugehört. In der Akademie befasste sich der Neffe vor allem mit wissenschaftlichen Definitionen. Er gilt als erster Verfasser einer Enzyklopädie.

Xenokrates stammte aus Chalkedon. Im jugendlichen Alter zog es ihn nach Athen. Zwischen Platon und Xenokrates entwickelte sich ein inniges Verhältnis. Platon bemühte sich, Xenokrates' schwerfällige, mürrische, ja abweisende Art zu mildern. Überliefert blieb Platons Ratschlag „Xenokrates, opfere den Chariten", den Göttern der Anmut.

Herakleides Pontikus trug den Namen nach seinem Geburtsort Heraklea am Pontos. Obgleich die Quellenlage unklar ist, gilt er doch als Erster, der eine tägliche Rotation der Erde annahm. Herakleides glaubte nicht an die Götterwelt der Griechen, aber er liebte die Erzählungen von Hesiod und Homer als große Dichtkunst. Von Zeit zu Zeit meinte Herakleides, kleine Einflechtungen aus den Götter- und Heldensagen könnten für die Diskussionen eine Auflockerung, wenn nicht gar eine Bereicherung bringen.

Und wie begrüßte Platon alle Neuankömmlinge und Gäste? Über dem Eingangstor konnte jedermann den Geist lesen, der in der Akademie herrschte:

„Kein der Geometrie Unkundiger trete hier ein."

Platon hatte in Tarent das unbegrenzte Vertrauen der Pythagoreer in die Mathematik schätzen gelernt. Dieses Vertrauen übernahm er für seine Akademie.

Da die Schüler keinem Gelderwerb nachgehen mussten, konnten sie ihre gesamte Zeit der Muße widmen – der Kunst und der Wissenschaft. Von dem griechischen Wort „scholē" für Muße kommt das Wort „Schule". Die Schüler strebten eine politische Laufbahn in ihrer Vaterstadt an oder bereiteten sich auf eine wissenschaftliche Kariere in einer Philosophenschule vor. Sie verweilten unterschiedlich lange bei Platon, einige blieben bis ins hohe Alter in der Akademie. Für sie entwickelte sich das Leben in der Akademie nach und nach zum Selbstzweck.

Die Akademie war keineswegs ein Ort tristen Lernens. Viele der vermögenden Schüler nahmen teil am bunten Treiben der Stadt – besuchten Tragödien im Theater, erfreuten sich an Gesangswettbewerben, verkehrten in Häusern mit zwielichtigem Ruf. Von Zeit zu Zeit luden Platon oder ein Schüler zu Symposien ein – zu abendlichen Trinkgelagen unter Männern. Der Einladende kürte das Gesprächsthema, entschied über das Verhältnis, in dem sie Wein und Wasser mischten, und bestimmte, in welchem Moment sie wie viel tranken. Keine Zweifel: In den Symposien rankten sich die Unterhaltungen auch um Knabenliebe. Vielleicht – nein, bestimmt luden sie Knaben ein, denn Knabenliebe war in Athen gang und gäbe.

Zusammen mit den Schülern suchte Platon vor allem nach Ideen zum Überwinden der politischen und wirtschaftlichen Krise in seiner Heimatstadt. Folgerichtig standen neben Mathematik vor allem Staatstheorie, Rechtslehre und Ethik im Mittelpunkt des Studiums. Allein berühmte Ärzte fehlten in der Akademie. Die führenden Medizinschulen lagen an der asiatischen Küste der Ägäis, auf der Insel Kos – dort hatte Hippokrates gewirkt – und in der Stadt Knidos – sie lag gegenüber von Kos, auf der Spitze einer Halbinsel.

Wertvolle Dienste für den Unterricht leisteten Philosophen und Mathematiker, die als Gäste kürzere oder längere Zeit in der Akademie weilten. Fortgeschrittene Schüler entwickelten sich rasch zu Lehrern, unterstützten Platon in der Lehre. Die Ausbildung in Mathematik und Astronomie legte Platon in die Hände zweier Mathematiker – ihre Namen: Theaitetos und Eudoxos. Beide waren die ersten Fachwissenschaftler der Antike. Sie machten die Akademie zu der in der gesamten griechischen Welt geachteten Hochburg der Geometrie. Ihre Erkenntnisse bildeten den Grundstock für die „Bibel der Mathematik“, die Euklid ein Jahrhundert später schrieb und „Elemente“ nannte.

Theaitetos hatte Platon kennengelernt als sich Platon in Cyrene aufgehalten hatte. Der Mathematiker kam nach Athen, um bei Platon Philosophie zu studieren. Mit Eudoxos hatte Platon in Tarent Freundschaft geschlossen. Eudoxos folgte Platon nach Athen.

Theaitetos und Eudoxos prägten das Studium der Mathematik in der Akademie. Wären damals schon Preise für wissenschaftliche Höchstleistungen vergeben worden, Theaitetos und Eudoxos hätten alle eingeheimst.

Erinnern Sie sich noch an Ihre Schulzeit? Wie Sie im Mathematikunterricht die Zahl π abschätzten? Wie Sie die Fläche eines Dreiecks berechneten oder die Formel für ein Parabelsegment ermittelten? Wie Sie das Volumen einer Pyramide oder den Rauminhalt eines Kegels bestimmten? Alles Eudoxos!

Dieser Gelehrte war – was seine finanziellen Verhältnisse betraf – eine Ausnahme an der Akademie. Er soll so arm gewesen sein, heißt es, dass er sich nur in dem einige Kilometer von der Akademie entfernten Hafengebiet von Piräus eine Unterkunft leisten konnte und täglich den Hin- und Rückweg laufen musste. Dagegen spricht, dass er eine längere Reise nach Ägypten unternommen haben soll, um dort astronomische Beobachtungen durchzuführen.

Für den Unterricht bevorzugte Platon das lebendige Wort mit Rede und Gegenrede. Für die Verbreitung philosophischer Ideen gewannen zwar Buchrollen zunehmend an Bedeutung, dennoch stand Platon dem Lernen aus Büchern eher kritisch gegenüber. Warum?

Platon führte viele Argumente ins Feld: Texte böten keine klaren und sicheren Informationen, sie könnten allein von denjenigen verstanden werden, die zuvor schon Kenntnis von dem behandelten Gegenstand hätten.

Liebe Leser, schweifen Ihre Gedanken vielleicht ab? Denken Sie an Computerhandbücher? An Gerätebeschreibungen? Oder an Steuerformulare?

Der Knackpunkt von Platons Kritik am Lernen aus Büchern: Ein Buch schweige, wenn man es befrage.

„Du könntest glauben, die Texte sprächen, als verstünden sie etwas, fragst du sie aber lernbegierig über das Gesagte, so enthalten sie doch stets nur ein und dasselbe."

Noch etwas stimmte Platon nachdenklich: Das Buch habe keinen speziellen Adressaten, es könne bei Unkundigen mehr Unheil anrichten. – Denken Sie hier an Beschreibungen von Krankheitsbildern im Internet? – Das Buch „versteht nicht, zu wem es reden soll und zu wem nicht." Einzuwenden sei auch: Der Leser glaube zu verstehen, was er gelesen habe. Doch sein Wissen sei vielfach nur Scheinwissen, das er nicht anwenden könne.

Für seine eigenen Bücher bevorzugte Platon daher Dialoge zwischen zwei oder drei Gesprächspartnern.

Ein erstes Argument: Ein Dialog spreche den Leser mit seiner lebendigen sprachlichen Form an, starre Fachbegriffe könnten vermieden werden.

Ganz wichtig: Der Fragende könne weitere Erläuterungen erbitten und derjenige, der eine Behauptung aufstelle, könne eingreifen, wenn er annähme, er sei vom Gesprächspartner missverstanden worden. Daher spiegele der Dialog den Prozess auf dem Weg zur Erkenntnis wider: Ungeklärtes dürfte offen bleiben und insgesamt befreie der Dialog von der Erwartung einer systematischen Vollständigkeit.

Ebenso wichtig: Der Autor nehme sich zurück, trete hinter seine Figuren und überließe die Urteilsbildung dem Leser. Nicht zuletzt: Das Denken stelle sich dem gemeinsamen Prüfen aller Argumente seitens der Gesprächspartner, wobei die geäußerten Anschauungen überprüft und dabei verworfen, korrigiert oder bestätigt werden könnten.

Mehr als zehn Jahre zerbrach sich Platon den Kopf über einen gerechten Staat. Seine Diskussionen mit den Schülern kreisten um Fragen wie:

Wer ist gerecht und damit glücklich?

Welcher Staat ist gerecht?

Platons erste Antwort hierauf lautete: Gerecht ist ein Staat, wenn darin der Einzelne sein individuelles Glück findet. Dazu muss sich der gerechte Staat in allem von Gott und von der göttlichen Ordnung im Kosmos leiten lassen.

„Wie müsste dieser Staat gegliedert sein?“, wollte Speusippos wissen.

„Die göttliche Ordnung im Staat kann der von Gott geschaffenen Struktur der menschlichen Seele entnommen werden. So wie in der menschlichen Seele der philosophisch weise Teil im Kopf über den mutigen Teil in der Brust und den begehrenden Teil im Bauch herrscht, so soll es auch in einem gerechten Staat sein. In gleicher Weise besteht ein gerechter Staat ebenfalls aus drei Teilen, die ich Stände nennen.“

„Platon, wie willst du die Menschen auf diese Stände aufteilen?“

„Jeder soll den seinen Fähigkeiten entsprechenden Platz in den drei Ständen einnehmen.“

Platons Idee war: Jeder Mensch könne nur eine Sache perfekt vollbringen und solle deshalb nur diese zum Wohle des Staates ausführen und in dieser Tätigkeit sein Glück finden.

Der unterste Stand umfasste die Mehrheit der Bevölkerung – Bauern, Handwerker und Händler. Sie ernähren und versorgen das Volk und bilden den „Nährstand“. Darüber erhebt sich der „Wehrstand“ mit den Wächtern. Sie sichern den Staat nach außen. Für den Wehrstand gelte es, die Mutigsten und Tapfersten auszusuchen – auch Frauen, denn für Platon waren Frauen in allen Belangen gleichberechtigt.

„Platon, habe ich dich richtig verstanden? Frauen sollen im Wehrstand dasselbe leisten wie Männer?“

„Nein Xenokrates, den Frauen werden leichtere Tätigkeiten überlassen, die ihren körperlichen Möglichkeiten entsprechen.“

„Und wer bildet den dritten Stand?“

„Beim Erreichen des 50. Lebensjahres kann ein Wächter in den „Lehrstand“ erhoben werden. Zu dieser Elite gehören ausnahmslos Philosophen.“

„Warum nur Philosophen?“

„Philosophen haben die göttliche Idee des Guten erkannt und regieren mit ihrer Vernunft den Staat. Mit der Herrschaft und Rechtsprechung der Philosophen kommt der Staat in Einklang mit dem Göttlichen.“

Die meisten Gespräche Platons mit den Schülern drehten sich um den Wehrstand und den Lehrstand:

„Wer kontrolliert die herrschenden Philosophen?“, war eine der Fragen, welche die Schüler interessierten.

„Da Philosophen die Einzigen sind, welche die göttliche Idee des Guten erkannt haben, unterliegen sie keiner anderen Kontrolle als der eigenen Einsicht.“

„Wie erfolgt die Ausbildung des Wehrstandes und des Lehrstandes?“

„Für beide bedarf es einer gründlichen Ausbildung. Diese beginnt mit frühester Jungend. Unabdingbar für die Erziehung der Wächter sind Jagden und Wettkämpfe, eine einfache Ernährung und ein weitgehender Verzicht auf Wein. Auch die Ausbildung in Geometrie gehört dazu, denn Geometrie ist das Mittel zum Erkennen des Göttlichen und die Elite unter den Wächtern bildet später den Lehrstand."

Speusippos bewegten Zweifel:

„Wie können Wächtern die Vorstellungen über das Göttliche anerzogen werden, wenn sie von Kindheit an Verunglimpfungen der Götter hören?"

Andere Schüler ergänzten:

„Hesiod verzerrt das Wesen der Götter! Denn er berichtet: Kronos habe seine Kinder misshandelt. Noch schlimmer: Sein Sohn Zeus habe den Vater Kronos mit Unterstützung der Mutter Gaia entmannt."

„Und erst Ovid! Bei ihm ist den olympischen Göttern nichts Menschliches fremd. Sie streiten sich, intrigieren gegeneinander, leben mit Töchtern und Schwestern im Inzest, bestehlen sich, trinken über alle Maßen, lieben, rauben, entführen Sterbliche oder verwandeln sie in Tiere. Und noch grausamer: Götter morden aus Rachsucht."

„Das alles ist doch mit dem Göttlichen unvereinbar!"

„Und die Göttinnen sind bei Hesiod nicht besser."

Herakleides wollte noch die Geschichte von Hera erzählen, die eine Geliebte des Zeus in eine Kuh verwandelte. Doch Xenokrates schnitt ihm mit einer Handbewegung das Wort ab.

Rasch waren sich die Schüler einig: Die Götter seien vor unwahren Darstellungen und Fälschungen zu schützen.

„Ähnliches gilt auch für Märchen, welche den Kindern im frühesten Alter erzählt werden."

„Platon, wie willst du das ändern?"

„Unser Erstes also muss es sein, die Märchendichter zu beaufsichtigen und ihre wohlgelungenen Erzeugnisse anzunehmen, die misslungenen aber abzuweisen. Den jetzt geläufigen Märchen aber muss man zum größten Teil den Abschied geben."

Danach wandte sich Platon den Göttersagen zu. Auch für die Dichtungen von Hesiod und Ovid forderte Platon eine Zensur. Es gelte, die Dichtungen von Lügen über Gott zu befreien. Platon dachte an vielerlei Mängel. Besonders missfielen ihm Darstellungen des Totenreiches:

„Wir müssen diejenigen, die es unternehmen das Totenreich darzustellen, überwachen und sie bitten, nicht so schlechtweg den Hades zu verunglimpfen, da ihre Reden weder wahr sind noch zuträglich für solche, die streitbare Männer werden sollen."

„Die Geschichten von Ixon, Sisyphos, Tantalos und den Töchtern des Danaos sollen nicht mehr erzählt werden?" Aus Herakleides' Stimme war dessen Sorge zu hören, liebte er doch die Götter- und Heldensagen.

„Es gilt, den Hades zu loben.", bekräftigte Platon.

Doch das reichte Platon immer noch nicht: Um dem Tod den Schrecken zu nehmen und stattdessen den Todesmut zu stärken, seien in der Mythologie erschreckende Namen zu streichen. Und das öffentliche Trauern um Verstorbene solle ohne Wehklagen erfolgen.

„Und wie steht es um die Musik und das Theaterspiel?", fragte Herakleides sorgenvoll.

„Verweichlichen nicht einige Gesänge die Wächter?", meinte Speusippos.

Platon beruhigte beide:

„Bei der Musik wird ebenfalls nur das an Tonarten, Melodien, Harmonien, Rhythmen und Instrumenten zugelassen, was die Wächter seelisch für ihre Aufgaben stärkt und moralisch erbaut."

Daraufhin wechselte Speusippos das Thema.

„Könnte es nicht sein, dass zwischen einzelnen Wächtern ein Streit um Hab und Gut entsteht und sich die Wächter entzweien, in Gruppen aufspalten, gar bekämpfen?“

„Würde das nicht die Stabilität des Staates gefährden?“

Platon sah hiergegen nur eine Möglichkeit:

„Erstens darf keiner irgendwelches eigene Vermögen besitzen, außer dem Allernotwendigsten, sodann darf keiner eine Wohnung oder Vorratskammer von der Art haben, dass nicht jeder, der will, Zutritt dazu hätte. Ihren Unterhalt aber, soviel dessen besonnene und tapfere Krieger nötig haben, müssen sie nach billiger Schätzung von den übrigen Bürgern erhalten als Lohn für ihr Hüteramt in einer Abmessung, die für den jährlichen Bedarf gerade ausreicht, weder zu viel noch zu wenig.“

„Möchte nicht jeder Mensch Gold und Silber besitzen, auch die Wächter?“, wandte Xenokrates ein.

„Was aber Gold und Silber anlangt, so muss man den Wächtern sagen, dass sie es von den Göttern immer in ihrer Seele haben und keines menschlichem außerdem bedürfen; auch sei es sündhaft, den Besitz von jenem durch Vermischung mit dem Besitz des sterblichen Goldes zu beflecken, weil mit der gemeinen Münze viel Unheiliges verübt worden sei, ihr Gold aber frei von jedem Flecken bleibe.“

„Und wer doch Gold begehrt?“

„Den Wächtern soll in der Stadt nicht erlaubt sein, Gold oder Silber bei sich zu führen oder es zu berühren oder unter einem Dache mit ihm zu weilen oder sich damit zu schmücken oder daraus zu trinken.“

Xenokrates sah eine andere Gefahr für den Staat:

„Was ist, wenn Wächter die Stadt verlassen und ihren Pflichten zur Verteidigung entfliehen?“

„Aus der Stadt dürfen Wächter erst nach Vollendung des 40. Lebensjahres ausreisen.“

Es gebe noch eine andere Gefahr für die Stabilität des Staates, warf Speusippos ein:

„Was ist, wenn ein Wächter des anderen Weib begehrt?“

Mit seiner Antwort hierauf verblüffte Platon die Umstehenden: Die Menschen sollten kein Recht auf die Wahl ihres Partners haben. Dieses Recht übertrug Platon allein dem herrschenden Philosophen.

„Nach welchen Gesichtspunkten soll der Philosophenherrscher die Auswahl vornehmen?“

„Es müssen die besten Männer so häufig wie möglich den besten Frauen beiwohnen, die schlechtesten dagegen den schlechtesten so selten wie möglich.“

„Gibt es keine Ausnahmen?“

„Denjenigen jungen Männern, die sich im Krieg oder bei anderen Anlässen hervortun, muss man neben anderen Ehrengaben und Kampfpreisen auch die Erlaubnis erteilen, häufiger bei ihren Frauen zu schlafen, damit zugleich auch unter schicklichem Vorwand von ihnen mehr Kinder als von den anderen erzeugt werden.“

Speusippos gab der Diskussion erneut eine Wendung: Er führte die Gesprächsrunde auf die Frage:

„In wessen Händen liegt das Wohl der Neugeborenen?“

„Alle Kinder, die geboren werden, nehmen die dazu bestellten Behörden an sich.“

Da gab es für den kinderlosen Platon keine Bedenken.

„Die ihnen so übergebenen Kinder der Tüchtigen nun werden sie, denke ich, in ein Sammelhaus bringen zu bestimmten Wärterinnen, die abgesondert wohnen in einem bestimmten Teile der Stadt.“

Nach einer kurzen Pause wurde Platon noch deutlicher:

„Die Kinder der besten Männer und besten Frauen müssen aufgezogen werden, die der anderen nicht, sofern die Herde auf voller Höhe bleiben soll. Die Kinder der Schlechteren aber, und was missgestaltet zur Welt kommt, werden die Behörden in einem unzugänglichen und unbekannten Ort verbergen, wie es sich gehört."

Liebe Leser, möchten Sie in Platons „gerechtem Staat" gelebt haben? Manch ein Leser wird fragen: Hat Platon das alles ernst gemeint? Ja! Platon hat das alles ernst gemeint.

Platon lebte in einer völlig zerrütteten griechischen Staatenwelt. Diese Staatenwelt wollte Platon aus der Sicht eines Aristokraten zum Guten wenden – er schrieb nicht für uns Heutige. Kriege zwischen griechischen Stadtstaaten waren damals vom ersten Sommer bis zum frühen Herbst alljährliche Ereignisse, sie gehörten zum täglichen Leben und verliefen meist äußerst brutal. Gefangene wurden als Sklaven genommen und verkauft. Stellte sich eine Stadt den Belagerern nicht zum offenen Kampf, plünderten und verwüsteten die Belagerer die Felder und damit die Ernte der Stadt. Insofern kam in Platons Staat dem Wehrstand zu Recht eine gewichtige Rolle zu.

Zu bedenken ist auch: In jener Zeit war Ehebruch – besonders mit Haussklavinnen und mit gebildeten Buhlerinnen – so allgemein, dass viele verheiratete Männer und Frauen nahezu wie in einer Ehelosigkeit lebten. Diese Lebensweise der damaligen Zeit kennzeichnete Demosthenes mit den Worten: eine Freundin für den Umgang, eine Beischläferin für den Genuss, eine Frau zum Erzeugen freigeborener Kinder.

Und Kindestötungen? Sie waren in der Antike als Mittel der Familienplanung nicht ungebräuchlich.

Von Feuerbach stammt die These „Die Philosophen haben die Welt nur verschieden interpretiert; es kömmt darauf an, sie zu verändern“. Wie in Vorwegnahme dieser These suchte Platon nach einem Herrscher, mit dem er einen gerechten Staat aufbauen könnte. Dabei kam Platon ein Wechsel in der Herrschaft auf Sizilien zu Gute.

In Syrakus war der Tyrann Dionysios I. im Jahre 367 v.Chr. gestorben. Dessen gerade an die Macht gekommener Sohn, der junge Dionysios II., regierte die ersten Jahre unter Aufsicht seines äußerst reichen und am Hofe einflussreichen Onkels Dion. Mit diesem hatte sich Platon bei seinem ersten Aufenthalt in Syrakus befreundet. Dion brachte Dionysios II. dazu, Platon als Ratgeber einzuladen. So reiste Platon im Jahre 366 v.Chr. ein zweites Mal nach Sizilien. Er sah die Chance gekommen, die politischen Verhältnisse auf Sizilien im Sinne seines „gerechten Staates“ umzugestalten.

Der Plan schien gut. Der junge Tyrann empfing den Philosophen ehrenvoll und zeigte beachtliches Interesse an dessen Lehren. Platon glaubte sich schon halb am Ziel – plötzlich scheiterte alles!

Warum nur?

Bereits vor Ankunft des Philosophen hatte der ehrgeizige Dion eine Verschwörung gegen seinen Neffen Dionysios II. angezettelt. Als dieses Komplott aufflog, wurde Platon infolge der engen Freundschaft zu Dion in die Hofintrigen hineingezogen. Der Tyrann verbannte seinen Onkel vom Hofe. Dion floh nach Athen und trat ein Jahr später in Platons Akademie ein. Und was wurde aus Platons „gerechtem Staat“? Platon sah keine Möglichkeit mehr, diesen Staat zu errichten. Sobald sich im nächsten Frühjahr die ersten Schiffe auf große Fahrt trauten, reiste Platon enttäuscht ab.

Fünf Jahre später lud Dionysios II. Platon zu einer dritten Reise nach Syrakus ein. Dem Tyrannen ging es darum, den Philosophen als Freund zu gewinnen; Platon hingegen wollte für seinen Freund und Schüler Dion die Begnadigung durch Dionysios II. erreichen. Dionysios II. schickte ein Schiff nach Athen und Platon reiste zusammen mit Speusippos und Xenokrates nach Syrakus.

Die Gespräche Platons mit Dionysios II. verliefen für Platon enttäuschend. Der junge Tyrann lehnte es ab, sich Platon als Schüler zu unterwerfen und ein philosophisches Leben zu führen. Unter den Anhängern von Dion verbreitete sich die Überzeugung, nur der Sturz des Tyrannen könne eine Wende bringen. In diesem Sinne betätigte sich auch Speusippos. Das Komplott blieb Dionysios II. nicht verborgen, so dass Platon in höchste Bedrängnis geriet. Aus dieser lebensgefährlichen Lage soll ihn Archytas gerettet haben. Archytas ermöglichte Platon 360 v.Chr. die Heimfahrt nach Athen, nachdem er sich bei Dionysios II. für Platon eingesetzt hatte. Damit endete für Platon auch die dritte Sizilienreise völlig enttäuschend.

Nach der Rückkehr Platons beschloss sein Schüler Dion, die Macht in Syrakus gewaltsam an sich zu reisen. Mit einer kleinen Streitmacht von Söldnern wagte Dion 357 v.Chr. den Feldzug. Nach der Landung gelang es ihm, die Macht zu übernehmen. Ob er wirklich die Staatsordnung von Platon für einen gerechten Staat übernehmen wollte? Das ist umstritten. Sicher ist: Dion stieß auf heftigen Widerstand und wurde ermordet. Als Platon davon erfuhr, schrieb er ein Sinngedicht, mit dem er dem geliebten Freund ein literarisches Denkmal setzte.

Die Arche der Welt

Während Platons zweiter Reise nach Sizilien war ein 18-Jähriger in die Akademie eingetreten. Mit einer ansehnlichen Erbschaft hatte sich der Jüngling aus Pella – der Residenz des makedonischen Königs – nach Athen begeben. Dort sollte er bald zum bedeutendsten Schüler der Akademie aufsteigen – sein Name: Aristoteles.

Über die ersten Jahre des Lebens von Aristoteles in Athen berichten Quellen nur wenig Gesichertes. Zeitgenossen stimmen jedoch in einem überein: Zurückhaltung und Bescheidenheit im äußeren Auftreten gehörten nicht zu seinen Stärken. Aristoteles kleidete sich stattlich, wandte viel Geld für Haarpflege und Schmuck auf. Vielleicht wollte er damit seine etwas schwächliche Gestalt ausgleichen. Aristoteles beschäftigte sich zunächst mit Mathematik und der Kunst der Gesprächsführung – Pflichtprogramm für alle Neuankömmlinge.

Schnell erhielt er den Spitznamen „der Leser". Damals bildete ein „Buchleser" die große Ausnahme, in der Regel waren alle nur „Buchhörer". Aristoteles besaß genügend Geld, sich Abschriften von wichtigen Werken älterer Philosophen zu kaufen oder anfertigen zu lassen. So konnte er sich Argumente und Logik der Philosophen sicherer aneignen als seine Mitschüler. Insofern lag der Spitzname „Leser" nahe – möglicherweise aus Neid, vielleicht aus Hochachtung und bestimmt auch mit etwas Spott, da doch Platon im Unterricht das lebendige Wort mit Rede und Gegenrede bevorzugte.

Mit der Zeit entwickelte sich Aristoteles von einem Schüler zum zweiten führenden Kopf in der Schule. In manchen Gesprächsrunden führte dies dazu, dass Aristoteles Kernstücke der Lehre seines ehrwürdigen, über 40 Jahre älteren Lehrers entschieden ablehnte. Dass er dennoch bei Platon bleiben durfte und bei ihm blieb, das beweist: Die Akademie hatte sich von Anfang an mehr als ein Hort des Fragens entwickelt als eine Schule der fertigen Antworten; die Akademie war keine Stätte zur Verbreitung der Lehren von Platon.

Wollen Sie in der Schule von Athen an einer neuen Gesprächsrunde teilnehmen? Platon und Aristoteles laden Sie herzlich ein. Die Runde erörtert die Fragen:

Wie und woraus entstand die Welt – aus einer gähnenden Leere oder aus einem Urstoff?

Welche Rolle spielte dabei eine göttliche Macht?

Erwartungsvoll richteten die Teilnehmer der Gesprächsrunde ihre Blicke auf Platon. Er freute sich über das Interesse der Schüler und verkündete diesen, dass er die Leitung der Gesprächsrunde Aristoteles anvertraut habe:

„Entsprechend unserer Tradition möchte ich, dass wir uns gemeinsam diesem spannenden Thema über den Ursprung der Welt nähern. Deshalb habe ich Aristoteles gebeten, die Gesprächsrunde zu leiten. Dafür gibt es einen guten Grund: Aristoteles steht den frühen Naturphilosophen viel näher als ich. Er kann deren Gedanken mit größerer inneren Anteilnahme vertreten als ich und davon gewinnt unsere Runde."

Mit einem freundlichen Kopfwenden gab Platon das Wort an Aristoteles ab.

„Wie und woraus ist die Welt entstanden?"

Mit dieser Frage eröffnete Aristoteles die morgendliche Runde. Die Frage war nur rhetorisch gedacht, zur Einstimmung auf das Thema. Sogleich setzte Aristoteles fort:

„Beständig erscheint diese Frage in neuem Gewand – zum Beispiel: Gab es am Anfang eine Leere oder bestand die Welt schon immer? Ein andermal überrascht sie uns mit den Worten: Ist unsere Welt von allein entstanden oder hat ein Weltenschöpfer sie erschaffen? Wenn ja, woraus? Aus gähnender Leere?

Dann wieder verblüfft uns die Frage in noch anderer Gestalt: Leben wir in einer zeitlich begrenzten Welt? In einer Welt mit einem Weltuntergang? Oder besteht die Welt ewig? Manchmal verbirgt sich die Frage auch hinter scheinbar anderen Fragestellungen. Zum Beispiel: Schließt die kugelförmige Fixsternsphäre die Welt ab? Und gibt es dahinter nichts mehr? Oder existiert jenseits des Randes der Welt vielleicht doch noch etwas? Und wenn ja - was? Eine unendliche Leere? Weitere Welten?"

Aristoteles schaute in die Runde. Er freute sich, alle blickten gespannt auf ihn, besonders die drei neuen Schüler Hermodor von Syrakus, Philipp von Opus und Kallippos aus Athen.

„Und weiter gibt es Fragen, die sicher jeder von euch anders beantworten wird. Drei Beispiele: Welche Rolle spielte eine göttliche Macht bei der Entstehung der Welt? Bedarf es eines Weltenlenkers für die bestehende Welt? Entscheidet ein Gott über ein eventuelles Ende der Welt?"

Nach jeder Frage hatte Aristoteles eine kleine Pause eingelegt, die Schüler sollten Zeit erhalten, sich selbst zu befragen. Schließlich begann Aristoteles:

„Für viele Menschen ist die Antwort leicht. Sie meinen: Die Vorfahren unserer Götter auf dem Olymp hätten die Welt geschaffen. Einige Menschen haben indessen anders gedacht und neugierig gefragt: Was ist der Urstoff der Welt? Ihr Ursprung? Die Arche der Welt? Die Berühmtesten unter denen, die so fragten, lebten an den Küsten von Kleinasien, Unteritalien und Sizilien. An jenen Plätzen liegt der Ursprung der Philosophie. Athen hingegen glich in jener Zeit einer philosophischen Wüste!"

Bei diesen Worten blickte Aristoteles in die Runde. Als „Nicht-Athener", als „Zugewanderter", fiel es ihm leicht, hinter diese Worte noch ein Ausrufezeichen zu setzen.

„Warum konnten vor allem diese Küsten zur Wiege der Philosophie werden?"

Aristoteles freute sich über Philipp. Die Frage des neuen Schülers passte in den Gedankengang von Aristoteles.

„Ein erster Grund: Die Philosophie ist an besonders reiche und lebendige Städte gebunden. Nur Menschen, die über Geld und Zeit verfügten, konnten sich der Philosophie zuwenden."

Als zweiten Grund nannte Aristoteles:

„Solche Menschen lebten an Küsten, deren Städte Kontakt mit anderen Kulturen pflegten. Dadurch begegneten sie fremden Religionen und das führte zu doppeltem Gewinn: Die Menschen lernten unbekannte Formen menschlichen Zusammenlebens kennen und erfuhren neuartige Ansichten über die Natur."

Hieraus schloss Aristoteles:

„Dieses Begegnen mit anderen Kulturen bereicherte die Erfahrungen der Menschen – und nicht nur das! Diese Kontakte ermutigten die Menschen zu neuen Fragen."

Mit Blick in die Runde fügte er hinzu:

„Und Fragen setzen bei uns Menschen etwas in Gang. Allein die Tatsache, dass ein Mensch eine Frage stellt und nach einer Antwort sucht, bringt die menschliche Fantasie in Trab."

„An wen denkst du? Kannst du Namen nennen?"

Aristoteles wählte Thales von Milet. Der Forscher war um 625 v.Chr. geboren. In jener Zeit erlebte die Stadt einen gewaltigen Aufschwung. In der Stadt entwickelte sich ein florierendes Handwerk mit Ölpressen, Webereien und Färbereien. Dem raschen Anwachsen der Bevölkerung konnte Milet, das auf einer Landzunge lag, nicht mehr genügen. Viele Einwohner mussten auswandern. Sie gründeten Dutzende von neuen Städten, zunächst am Marmara-Meer, später sogar darüber hinaus – rund um das Schwarze Meer.

Die wirtschaftliche Blüte verdankte Milet mehreren Häfen. Diese schmiegten sich in Buchten wie der Löwenbucht rund um Stadt. Die Häfen und die großräumigen Lagerhallen erhoben Milet zum bedeutendsten Umschlagplatz für den Handel mit Ägypten und Großgriechenland sowie mit den etwa 80 Tochterstädten rings um das Schwarze Meer. Hinzu kamen die Begegnungen mit den persischen Nachbarn im Hinterland. Der Handel führte zu engen Kontakten der Menschen mit den Kulturen der großen Reiche im Mittleren Osten und der altehrwürdigen Reiche der Pharaonen in Ägypten. Zusammenfassend hob Aristoteles hervor:

„Die Bauwerke, die handwerklichen Leistungen und die Sitten dieser Königreiche haben die Griechen fasziniert, haben althergebrachte Denkweisen in Frage gestellt."

„Was ist aus dem Leben von Thales bekannt?", mischte sich Hermodor ein.

Von Thales sei nichts selbst Geschriebenes überliefert. Als gesichert gelten lediglich eine Reise nach Ägypten, auf der er sich mit Geometrie vertraut gemachte habe, und eine Reise an den Hof der Lyderkönige in Kleinasien. Dort in Sardes habe Thales Sternenkunde betrieben.

Die einleitenden Worte wusste Aristoteles noch mit einer Anekdote aus dem Leben von Thales auszuschmücken. Aristoteles liebte diese witzige Geschichte, die er von einem Erzähler gehört hatte. Die Anekdote legte nahe, dass Thales nicht nur als Philosoph, sondern auch als Kaufmann einen guten Ruf hatte.

„Als man ihn nämlich wegen seiner Armut verhöhnte und behauptete, die Philosophie sei unnütz, da habe Thales, weil er mit Hilfe der Astronomie eine ergiebige Olivenernte voraussah, noch im Winter mit dem wenigen Geld, das er besaß, sämtliche Olivenpressen in Milet und Chios für einen geringen Betrag gepachtet. Niemand überbot ihn. Als dann die rechte Zeit gekommen war und plötzlich viele Ölpressen gleichzeitig verlangt wurden, da verpachtete Thales die Pressen so teuer, wie ihm beliebte, und gewann viel Geld. Damit zeigte Thales, dass es für einen Philosophen leicht sei, reich zu werden, wenn er nur wolle, dass er aber darauf keinen Wert lege."

Die kleine Geschichte erfreute die angehenden Philosophen. Danach kehrte Aristoteles zum Kern ihrer Gesprächsrunde zurück:

„Was ist der Ursprung, der Urstoff der Welt? Thales von Milet vertrat die Ansicht, Wasser wäre der Urstoff, die Arche der Welt."

„Was meint Thales damit?", wunderte sich Kallippos.

„Aus Wasser wäre alles andere entstanden: das Meer rings um das Land, die Luft mit den regenbringenden Wolken, die Erde mit ihren Gebirgen, Ebenen und Flüssen und auch die Tiere und Pflanzen.“, meinte Speusippos.

„Glaubten das alle frühen Philosophen?“, zweifelte Philipp.

„Nein!“, beteuerte Speusippos. „Sie kannten sich oder hatten zumindest von den kühnen Spekulationen anderer gehört. Allerdings erhob jeder von ihnen etwas anderes zum Urstoff der Welt. Dabei begründeten sie eine Methode, die auch uns in der Akademie auszeichnet: Jeder weiß um die Ideen und Denkweisen seiner Wegbereiter, erkennt darin Schwächen und ersetzt sie mit neuen Ansichten, von denen er glaubt, sie hätten passendere Gründe für sich – etwa einen überzeugenderen Ausgangspunkt, ein einsichtigeres Gleichnis oder eine verständlichere Erklärung. Auf diese Weise entwickelten die Naturphilosophen bereits damals eine Vorliebe für verwegene Spekulationen.“

Speusippos wollte sagen: Die Naturphilosophen gründeten ihre Theorien auf bloßen Vermutungen. Mehr oder weniger überzeugend folgerten sie aus solchen gewagten Mutmaßungen weitreichende Behauptungen über den Urstoff und das Entstehen der Welt – wobei die Philosophen die Frage nach dem Urstoff unterschiedlich beantworteten: Thales erkor Wasser zum Urstoff der Welt, Anaximenes hingegen meinte, Luft wäre dieser Urstoff. Heraklit wiederum hielt Feuer allein für die Wurzel der Welt.

Einen besonderen Farbtupfer fügte Anaximander in den Ideenreichtum der frühen Philosophen ein. Er erhob nichts in der Natur wirklich Existierendes zum Ursprung der Welt, sondern etwas Abstraktes, das er mit „Apeiron“ bezeichnete – „das nie an eine Grenze Stoßende“. Was das ist? Darüber – liebe Leser – diskutieren noch heute Studenten in Seminaren der Philosophie recht wortgewandt – ohne je Klarheit zu erlangen.

Aus dieser Ursubstanz entständen die zwei Gegensatzpaare „warm – kalt“ und „trocken – feucht“. Diese Paare spielten in der griechischen Philosophie und auch in der griechischen Medizin bald eine bedeutende Rolle.

Philipp kam auf das Wasser zurück:

„Im ersten Augenblick bin ich überrascht, weil Wasser verschieden sein kann: salzig im Meer, süß in Flüssen, faulig in Sümpfen. Thales sagt aber ganz allgemein: Das Wasser sei der Urstoff. Welches Wasser meint Thales?“

„Thales hätte seinen Urstoff ebenso ‚das Flüssige' nennen können.“, räumte Speusippos ein.

„Wie kam Thales überhaupt auf die Idee, Wasser sei der Urstoff der Welt?“ Damit lenkte Hermodor das Gespräch auf den Ausgangspunkt zurück.

Aristoteles wartete – er wollte den Schülern Gelegenheit geben, nachzudenken und ihre Gedanken zu äußern. Als Erster traute sich Kallippos heraus. Er vermutete:

„Haben die Menschen zu jener Zeit nicht noch gedacht, die Erde wäre eine Scheibe und würde auf Wasser schwimmen?“

Bald jagte eine Vermutung die nächste:

„Wahrscheinlich dachte Thales: Wasser wäre der Ursprung, der Urstoff, weil die Samen aller Dinge von feuchter Natur sind.“

„Bestimmt sah Thales während seiner Reise durch Ägypten, wie der Nil die ausgetrockneten Felder überschwemmte und nach dem Rückzug fruchtbares Ackerland zurückließ.“

„Vielleicht beobachtete er, wie kleine Würmer und anderes Getier nach dem Regen aus der Erde kamen.“

„Möglicherweise dachte Thales daran, dass Menschen stets an Plätzen siedelten, wo sie Wasser vorfanden.“

„Denkbar, dass Thales am Muschelkalk der Pyramiden Salzabscheidungen entdeckte und schloss: Das untere Ägypten wäre ehemals Meer gewesen.“

Auf diese Mutmaßungen antwortete Aristoteles:

„Thales hat ins Feld geführt: Wasser sei von allen Stoffen auf Erden in größter Menge vorhanden. Doch viel Genaues wissen wir über alle diese Philosophen nicht. Sie haben zwar vieles niedergeschrieben, leider hat sich keine ihrer Buchrollen erhalten. Alle hätten ihren Büchern einen gleichlautenden Titel gegeben: ‚perí physeōs' – ‚Über die Natur'. Danach wurden die ersten Philosophen von Kritikern abwertend als ‚Physiker' bezeichnet“.

Hermodor beschäftigten noch viele Zweifel. Die Antwort von Aristoteles hatte ihn nicht überzeugt. Deshalb hakte er nach:

„Und wie konnten alle andere Dinge aus Luft entstehen?“

Auch Philipp ließ nicht locker:

„Wieso kann Feuer ein Urstoff sein, wenn jede Glut fortgesetzt der Zufuhr von Holz oder anderer brennbarer Materialien bedarf?“

Mit ihren Einwänden lösten Hermodor und Philipp eine heftige Diskussion aus. Indes: Überzeugende Argumente konnte keiner aus der Runde vorbringen.

An dieser Stelle könnten wir einmal innehalten und uns fragen: Welchen Stoff würden Sie zum Urstoff der Welt erheben? Fiele Ihre Wahl nicht ebenso auf das Wasser? Welche Gefühle erwachen in Ihnen, wenn Sie als Wanderer aus einem munter daher springenden Gebirgsbach trinken oder am Meer einen Sonnenaufgang erleben? Hinzu kommt das Wissen: Alles Leben entstand einst im Wasser und besiedelte vom Meer aus das Land! Könnten Sie sich für einen anderen Urstoff als Wasser entscheiden?

Zurück in die Akademie. Aristoteles wollte keine weiteren Vermutungen hören.

„Wir könnten noch lange darüber nachdenken und streiten, was sich jeder dieser hellen Köpfe gedacht habe. Für uns ist das alles ohne Bedeutung. Wichtig allein ist: Diese Philosophen versuchten, die Geburt aller Dinge in der Welt mit dem Umwandeln eines einzigen Urstoffs zu erklären."

Für noch wichtiger hielt Aristoteles:

„Die Philosophen haben die Frage nach dem Urgrund der Dinge im Zusammenhang mit der Frage nach dem Entstehen der Welt beantwortet." Sein abschließendes Urteil:

„Bei ihren Erklärungen haben sie nicht auf übernatürliche Gründe zurückgegriffen. Die Kraft für das Entstehen der Welt aus dem einen Urstoff lag in diesem Urstoff selbst, es bedurfte keiner göttlichen Mithilfe. Und deshalb beginnt für mich die Philosophie mit Thales von Milet."

Speusippos fragte erstaunt nach:

„Aristoteles, habe ich dich richtig verstanden? Soweit ich weiß, hat Heraklit an einen Gott geglaubt!"

Gespannt blickten die Neuen auf Aristoteles. Hatte Speusippos den in der Geschichte bewanderten Aristoteles bei einer Ungenauigkeit ertappt?

Aristoteles ließ sich nicht aus der Fassung bringen: Heraklit habe keine übernatürlichen Gründe für die Entstehung der Welt angeführt. Von diesem Philosophen stammten die Worte:

„Diesen Kosmos, den selbigen für alle Wesen, hat weder irgendein Gott noch ein Mensch geschaffen, sondern er war immer und ist und wird immer sein ein ewig lebendiges Feuer, nach Maßen erglimmend und nach Maßen erlöschend."

Dennoch sei richtig: Heraklit habe „Gott" in die Natur eingeführt. Allerdings weder im Sinne griechischer Götter auf dem Olymp, noch als Weltenschöpfer – sondern im Sinne einer „Weltvernunft", die alle Vorgänge in der Natur lenke. Nach dem griechischen Wort „Logos" für „Gott" nannte Heraklit diese Weltvernunft „Logos". Deshalb sagen wir noch heute „es sei logisch", wenn uns etwas als vernünftig erscheint – Jüngeren reicht ein nachfragendes „logo?"

Nach den Worten von Aristoteles entstand eine kurze Pause; die nutzte Herakleides. Er wollte die Diskussion mit einer Geschichte aus den Götter- und Heldensagen auflockern, wenn nicht gar bereichern.

„Wenn ich alles bedenke, was wir bisher gehört haben, bleiben die Naturphilosophen mit ihren Vorstellungen von der Erschaffung der Welt weit hinter der Dichtkunst Hesiods und Homers zurück. Wie viel schöner", so Herakleides, „klingt der Ursprung der Welt bei Hesiod: Am Anfang war das Chaos, die grenzenlose, mit Nebel gefüllte Urzeit. Aus diesem Chaos ging die gewaltige Erdmutter Gaia hervor. Sie gebar den Himmel, die Sterne und das Meer."

Er denke auch an die ausdrucksvollen Worte für die Erschaffung des Menschen. Aus dem Gedächtnis zitierte er Hesiod:

„Da es in ältester Zeit allein die unsterblichen Götter gab und keine sterblichen Menschen auf der Erde lebten, beschlossen die Götter auf dem Olymp, Wesen zu schaffen, die auf der Erde wohnen sollten. Zeus beauftragte damit Prometheus, den Sohn seines Bruders Iapetos. Prometheus befeuchtete die noch von den himmlischen Teilchen geschwängerte Erde mit Wasser und formte Menschen nach dem Bilde der Götter, so dass allein der Mensch seinen Blick zum Himmel emporhebt, indes alle anderen Tiere ihr Haupt zur Erde neigen. Als es Prometheus gelungen war, die Form des Menschen in Ton zu gestalten, brannte er vor Begierde, sein Werk zu vollenden. Er stieg hinauf zum Sonnenwagen und zündete an diesem die Fackel an, von deren Glut er seinem in Ton geformten Menschen die ätherische Flamme in den Busen hauchte und ihm Wärme und Leben spendete."

Unbekümmert setzte Herakleides fort:

„Später beauftragte Zeus Prometheus und Epimetheus allen irdischen Wesen verschiedene Eigenschaften und Fähigkeiten zu verleihen. Epimetheus bat seinen Bruder, ihm diese Aufgabe zu überlassen. In seiner Begeisterung verlieh er dem einen Lebewesen Schönheit, einem anderen Kraft, das eine machte er groß und klug, das andere klein und schnell. Begeistert verschönerte und beschenkte Epimetheus die Lebewesen. In seinem Eifer und da er nicht so klug war wie sein Bruder, vergab er alle Waffen und Fähigkeiten an die Tiere. So blieben die Menschen am Ende nackt und schutzlos, ohne natürliche Waffen. Dies konnte Prometheus, der Schöpfer und Freund der Menschen, nicht ertragen."

Von Herakleides unbemerkt, hatte sich Platon genähert. Platon hörte noch die letzten Worte von Herakleides:

„Zum Ausgleich dieser Ungerechtigkeit stahl Prometheus von Athena die Klugheit, und schenkte den Menschen Vernunft. Danach entwendete er aus der Werkstatt des Hephaistos das Feuer und schenkte es den Menschen. Seit jener Zeit können sich die Menschen wärmen und das Feuer nutzen."

Platon trat näher, er empörte sich:

„Herakleides! Diese Sagen berichten gar nichts über die Entstehung der Welt, sie sind allein eine Geschichte der Götterdynastien."

Doch können wir Herakleides' Begeisterung nicht verstehen? Noch zwei Jahrtausende später begeisterte diese Erzählung über Prometheus Johann Wolfgang von Goethe so stark, dass der Dichter seinen eigenen Prometheus schrieb.

Aristoteles wollte Herakleides belehren, dass der Mensch eine Hand erhalten habe, in der er verschiedene Waffen tragen könne, wodurch der Mensch den Tieren überlegen sei. Doch Aristoteles zog es vor, den Disput nicht zu verlängern. Stattdessen fasste er die Ergebnisse der Gesprächsrunde zusammen.

Das Wichtigste an allen Physikern seien für ihn vier Gedanken:

Zum Ersten: Alle Naturphilosophen gründeten ihre Überlegungen auf Beobachtungen in der Natur. Dazu gehörten geologische Erkundungen in Unterägypten, Betrachtungen zum Wetter, Nachforschungen bei Erdbeben, Untersuchungen über die Bewegung der Gestirne sowie Forschungen zum Wachstum von Lebewesen.

Zum Zweiten: Für jeden dieser Philosophen sei der Ursprung der Welt stofflicher Art.

Als Drittes käme hinzu: Bei allen Umwandlungen blieben diese Stoffe erhalten, es änderten sich nur deren Eigenschaften. Oder mit anderen Worten:

„Nichts, was existiert, kann zu Nichts werden."

Und als Viertes: Alle diese Philosophen seien ebenso von der Umkehrung dieses Satzes überzeugt:

„Aus Nichts kann nichts werden.“

Für Aristoteles war damit klar: In der Natur habe es nie ein Nichts und damit zu keinem Zeitpunkt eine Leere gegeben – und es werde nie eine Leere geben. Folglich gelte:

„Die Welt ist zeitlich ohne Anfang und ohne Ende, ansonsten müsste es eine Leere geben.“

Schweifen hier Ihre Gedanken vielleicht ab? Grübeln Sie – liebe Leser – über moderne Theorien zum Anfang und Ende unserer Welt? Kann die Welt im Urknall aus dem Nichts entstanden sein und sollte sie im Endkollaps tatsächlich in ein Nichts verschwinden? Ist nicht vielleicht die Schöpfungsgeschichte aus der Bibel sprachlich schöner und für manchen sogar glaubwürdiger?

Philosophen leben gefährlich

Längst standen Philipp und Andrikos wieder mit Hermodor und Kritolaos beisammen. Eifrig diskutierten sie über die Entstehung der Welt aus einem einzigen Urstoff. Von Zeit zu Zeit lachten sie – ihnen erschienen diese Spekulationen mehr als fragwürdig. Wie kann sich Luft in einen massigen Thunfisch umwandeln? Oder Feuer in einen filigranen Schmetterling verwandeln? Als Aristoteles kam, hörte er gerade noch Hermodors Worte:

„Hat wirklich keiner der frühen Philosophen ernsthaft gezweifelt, dass aus Wasser harter Fels oder aus Feuer der Duft einer zarten Rose entstehen kann?“

„Das ist heute unser Thema!“, rief Aristoteles.

Hermodor konnte es kaum erwarten, sogleich riss er sich um das Wort:

„Aristoteles, gibt es unter den Naturphilosophen Männer, welche die Welt aus mehr als nur einem einzigen Urstoff entstehen lassen?“

Aristoteles nannte Anaxagoras und Empedokles. Die meisten Schüler kannten Anaxagoras, zumindest dem Namen nach. Schließlich hatte der Philosoph die wichtigsten Jahre seines Lebens in Athen verbracht und großen Einfluss auf die Attische Demokratie ausgeübt. Im Alter von etwa 40 Jahren hatte er seinen Geburtsort in Kleinasien verlassen und Athen als Wahlheimat auserkoren. Dort lebte er zurückgezogen und vertiefte sich in seine Studien. Welche Ordnung beherrscht den Kosmos? Das wollte Anaxagoras herausbekommen – denn der Mensch sei dazu geboren, den Himmel zu betrachten.

Viele Athener schätzten Anaxagoras. Großes Lob hatte er von Sokrates erhalten. Sokrates habe sich in jungen Jahren gefreut, in Anaxagoras einen guten Lehrer gefunden zu haben. Anaxagoras unterrichtete auch Perikles, der Athen mit den „Dreißig Goldenen Jahren“ beschenkte. Den Einfluss von Anaxagoras auf Perikles würdigte der römische Schriftsteller Plutarch in höchstem Lob. Für Plutarch war es Anaxagoras, der Perikles „jene Kraft, jenen festen und standhaften Mut, das Volk zu leiten beibrachte und überhaupt seinen Charakter zu einer besonderen Würde und Vollkommenheit erhob.“ Anaxagoras‘ Einfluss führte Perikles „zu einer hohen Geisteshaltung und zu einem erhabenen Vortrag, der allem erkünstelten, auf Volksgunst abzielenden Gewäsch entsagte.“

Als Beispiel erzählte Aristoteles von einem Konflikt mit den Athenern um die Verschönerung ihrer Stadt:

„Die Gegner von Perikles erhoben ein wüstes Geschrei, er verschleudere das Geld beim Wiederaufbau der Akropolis und richte Athen zugrunde. Da fragte er das Volk in einer Versammlung: ‚Sind die Ausgaben zu groß?' Als ihm die Athener antworteten ‚Ja, sehr groß!', erwiderte Perikles: ‚Nun, so sollen die Ausgaben nicht euch, sondern mich treffen. Aber ich werde auch nur meinen Namen auf alle die Werke einmeißeln lassen.' Kaum hatte Perikles so gesprochen, als ihm alle mit lautem Geschrei zuriefen, er solle die Gelder verbrauchen und keine Drachme sparen."

Anaxagoras unterrichtete Perikles in „überirdischen und himmlischen Dingen". Im hohen Alter von fast 70 Jahren erreichte Anaxagoras überraschend eine Anklage. Der Vorwurf gründete sich auf ein in Athen beschlossenes Gesetz, wonach alle Gottlosen zu verfolgen und vor Gericht zu stellen seien.

Anaxagoras gelang es, aus der Stadt zu fliehen. Wie er die Stadt verlassen hat? Das bleibt im Dunklen. Möglicherweise verhalf ihm Perikles persönlich dazu. In Abwesenheit wurde er zum Tode verurteilt. Nicht ohne Häme meinte Anaxagoras in seinem Exil am Hellespont: Athen habe mehr an ihm verloren als er an Athen. Aristoteles' Würdigung für Anaxagoras gipfelte in den Worten:

„Anaxagoras hat die Philosophie von Kleinasien nach Athen getragen und das intellektuelle Leben der Stadt bereichert."

„Wer erhob Anklage?"

„Was warf man Anaxagoras vor?"

„Kallippos und Hermodor, geduldet euch!", vertröstete Aristoteles beide. „Wir sprechen gleich über die Lehre von Anaxagoras zur Entstehung der Welt. Lasst uns zunächst auf die Ausgangsfrage zurückkommen: Was dachte Anaxagoras über den Urstoff der Welt?"

Zum Einstimmen der Schüler auf dieses Thema wählte Aristoteles eine Frage, die auch für Anaxagoras am Anfang gestanden haben könnte:

„Woraus ernähren sich Bäume und Pflanzen?"

Einige Schüler, vor allem die neuen, fühlten sich mit dieser scheinbar kindlichen Frage etwas auf den Arm genommen, antworteten dennoch höflich:

„Sie ernähren sich von Wasser".

„Anaxagoras teilte eure Meinung. Und was schloss er daraus? Das in der Natur vorkommende Wasser könnte kein Urstoff sein, dem Wasser müsste noch anderes beigemengt sein."

„Heißt das, er hat Wasser als eine Mischung aus mehreren Urstoffen angesehen?"

„Anaxagoras vertrat einen außergewöhnlichen Standpunkt: Für ihn existierte nicht allein ein Urstoff. Für ihn existierten auch nicht zwei oder drei Urstoffe, sondern unendlich viele Urstoffe."

Das ließ die Schüler aufhorchen.

„Und nicht genug damit: In allen Stoffen, die in der Natur vorkommen, wären alle diese unendlich vielen Urstoffe enthalten. Anaxagoras hat das zugespitzt auf die Formel gebracht: ‚Alles ist in allem enthalten.' Für Anaxagoras bestehen die Urstoffe aus winzigen, nicht wahrnehmbaren Teilchen. Selbst wenn zum Beispiel ein Knochen in klitzekleine Teilchen zerbröselt, bleiben es immer noch Knochenteilchen."

Ungläubig schüttelten einige Schüler ihre Köpfe.

„Warum erscheint mir der Stamm eines Baumes als Holz, das Skelett eines Tieres als Knochen oder dort der

Goldreif am Arm von Aristoteles als Gold, wenn darin unendliche viele andere Urstoffe enthalten sind?", protestierte Hermodor.

„Allein das Übergewicht von Teilchen ein und derselben Art in einem Gegenstand bewirkt, welchen Gegenstand diese Mischung von Teilchen bildet. Im Gold würden die Goldteilchen überwiegen, in Knochen die Knochenteilchen, in Holz die Holzteilchen und so fort."

Die letzten Worte liefen Gefahr, im Lachen einiger neuer Mitglieder unterzugehen. Das verärgerte Aristoteles.

„Ihr dürft nicht über große Denker lachen! Oder wollt ihr, dass man eines Tages auch hämisch über euch lacht?"

Philipp überbrückte die peinliche Lage:

„Und wie erklärt Anaxagoras das Wachsen, sagen wir das Heranwachsen eines Fohlens? Meint er: Das Fohlen nimmt aus der Stutenmilch und später aus dem Gras Knochenteilchen, Fleischteilchen, Haarteilchen, Sehnenteilchen, Blutteilchen sowie weitere Teilchen auf und häuft diese im Fell, in den Muskeln, in den Sehnen, in den Knochen und im Blut an?"

„Genauso meint der Philosoph das. Beim Tod des Pferdes löse sich die Ordnung wieder auf und der Kreislauf der Urstoffe beginne erneut."

„Und was ist mit den vielen Teilchen in der Nahrung, die das Fohlen nicht benötigt?"

„Unbrauchbare Teilchen scheidet das Fohlen aus."

Die Antwort verdutzte die Schüler. Kallippos wollte nicht länger warten und wiederholte seine Frage:

„Welche Ansicht über die Entstehung der Welt führte zu der Anklage gegen Anaxagoras?"

Damit lenkte Kallippos die Gesprächsrunde auf sein geliebtes Spezialgebiet, den Kosmos.

„Anaxagoras meinte: Am Anfang hätte eine unbegrenzte Urmischung aller Teilchen bestanden. In dieser hätten die Luft und der Äther die Vorherrschaft ausgeübt. Mit ihrer Tendenz zum Bewegen hätten die Luft und der Äther die Urmischung aller Teilchen aufrechterhalten. Schließlich hätte die Urmischung begonnen, in einem riesigen Wirbel zu rotieren."

„Warum und wie begann diese ‚Ursuppe' zu rotieren?", löcherte Kallippos.

Dafür habe Anaxagoras einen unpersönlich gedachten Geist bemüht. Diesen Geist nannte er „Nous". Die einzige Funktion dieses Geistes hätte darin bestanden, im All mit einem ersten Anstoß die Kreisbewegung einzuleiten. Allein darin hätte sich das Wirken des Nous erschöpft. Die Rotation hätte sich nach und nach im All ausgedehnt – und sie würde sich stetig weiter ausdehnen – bis zum Untergang der Welt, in der wir leben.

„Wie entstanden dabei Himmel und Erde?", bohrte Kallippos nach.

In einer ersten Phase hätten sich Luft und Äther von der Erde getrennt, wobei sich die schwere Erde in der Weltmitte versammelt hätte. Unter dem Einfluss der Rotation hätte die Erde die Gestalt einer flachen Scheibe angenommen.

„Und wie entstanden die Planeten und Sterne?"

In einer zweiten Phase hätten sich riesige Gesteinsbrocken von der Erde losgerissen und wären bis in den Äther hinaufgeschleudert worden. In dem sich bewegenden Äther hätten sich die Erdbrocken bis zum Glühen erhitzt. Daher sei die Sonne ein „glühender Erdklumpen". Den Mond habe Anaxagoras mit Bergen, Tälern und bewohnten Gegenden ausgestattet. Überhaupt wären die Himmelskörper und die Erde gleichartig. Als Beweis dafür betrachtete Anaxagoras den Fund eines Meteoriten.

Viele Zeitgenossen verübelten Anaxagoras diese Unterstellung einer Gleichheit der Himmelskörper mit der Erde. Erregte Astrologen warfen dem Philosophen vor, die Wohnstätten der olympischen Götter zu „Erdklumpen“ zu degradieren. Dies galt religiösen Fanatikern als ausreichender Grund für eine Anklage gegen Anaxagoras wegen Gottlosigkeit. Aristoteles schloss:

„In Athen leben Naturphilosophen gefährlich.“

Damit spielte Aristoteles erneut auf das Ereignis an, das eine halbes Jahrhundert zurücklag: Um das Jahr 432 v.Chr. erreichte ein religiöser Eiferer und gewerbsmäßiger Astrologe, dass die Athener ein Gesetz gegen die Gottlosigkeit beschlossen. Danach drohte jedem die Anklage, „wer nicht an die Götter glaubt und sich in wissenschaftlichen Vorträgen mit Erscheinungen am Himmel befasst.“

Die Botschaft lautete:

„Liebe Naturphilosophen! Unterlasst es, über Fragen nach Ursachen kosmischer Phänomene oder über das Wetter nachzudenken. Eure Spekulationen hierüber führen zwangsläufig zu Gedanken, welche Zweifel an den Göttern nähren, schlimmstenfalls sogar den Glauben an deren Wirken beschädigen können.“

Diese Warnung an die Naturphilosophen betraf nicht allein das Nachdenken über die Entstehung der Welt. Gleiches galt für Forschungen zu natürlichen Ursachen von Wettererscheinungen, Vulkanausbrüchen, Meereswellen und Erdbeben. Die Begründung? Zeus wähle nach Belieben zwischen Sonnenschein, Regen und Gewitter. Blitz und Donner sende Zeus als Strafen, Regen schenke der Göttervater als Belohnung. Vulkanausbrüche blieben dem Wirken von Hephaistos vorbehalten, Meereswellen und Erdbeben fielen allein in das Walten von Poseidon. Solange die Naturphilosophen ihre Standpunkte nur unter sich austauschten, nahm niemand Anstoß – gefährlich wurde es, wenn sie ihre Ansicht hierüber in aller Öffentlichkeit propagierten.

Daher – meinte Aristoteles – könnte die Schrift „Der Himmel“ von Anaxagoras ein letzter Anlass für das Gesetz gegen die Gottlosigkeit gewesen sein. Jedermann in Athen konnte die kleine Buchrolle kaufen. Darin hatte Anaxagoras öffentlich seine Ansichten über die Entstehung der Welt und der Planeten verbreitet.

Die Gedankenwelt des Anaxagoras sagte Aristoteles nicht sonderlich zu. Ebenso wie für Platon blieben für Aristoteles alle Himmelskörper makellose Kugeln – so lehrten es als Erste die Pythagoreer und daran ließen auch Platon und Aristoteles keine Zweifel zu. Beide bestritten desgleichen, dass allein mechanische Vorgänge zu einem vollkommenen Kosmos führen konnten. Nur in einem Punkt stimmte Aristoteles völlig mit Anaxagoras überein:

„In dieser Theorie des Anaxagoras ist nirgendwo ein leerer Raum anzutreffen, selbst im Kosmos nicht.“

Zum Schluss zitierte Aristoteles Anaxagoras:

„Welchen Sinn sollte eine Leere im Kosmos haben? Wo und wozu könnte sich eine Leere dort anhäufen?“

Aristoteles wollte noch etwas sagen, zögerte jedoch. Für ihn bestand das wichtigste Ergebnis der Forschungen von Anaxagoras in Beobachtungen, die der Philosoph an Wasseruhren gemacht hatte. Die dabei erhaltenen Ergebnisse erhob Aristoteles in den Rang eines Beweises gegen die Möglichkeit einer Leere – allein dieses Faustpfand wollte er noch zurückhalten.

Kurz bevor Aristoteles auf Empedokles zu sprechen kam, näherte sich Platon der Runde und blieb stehen. Als die Rede auf Empedokles kam, nutzte Platon die Gelegenheit, allen Schülern den Menschen Empedokles ans Herz zu legen – Platon empfand größte Hochachtung vor dem Sizilianer.

Empedokles hatte aktiv am politischen Leben seiner Heimatstadt Akragas (Agrigent) teilgenommen und sein Interesse nicht allein der Naturphilosophie gewidmet. Empedokles stammte aus einer vornehmen und wohlhabenden Familie der Aristokratie. Ob Platon bei seinem ersten Besuch auf Sizilien Akragas besucht hatte und den Schülern aus eigenem Erleben etwas über die antike Stadt mit den vielen Tempeln inmitten von Oliven- und Mandelbäumen berichtete? Wir wissen es nicht. Der gut erhaltene Concordia-Tempel, der Tempel der Juno und der Zeus-Tempel gehören heute zum Welterbe der Menschheit.

Empedokles hatte in seiner Geburtsstadt ähnliche politische Wirren durchlebt, wie Platon in Athen. Nach dem Tod des Tyrannen von Akragas ernannte sich dessen Sohn zum Tyrannen. Wenige Monate später begann ein erbitterter Kampf um die Macht in der Stadt. Der Vater von Empedokles wirkte aktiv am Sturz des Nachfolgers mit und verhalf den Aristokraten zur Macht. Letztendlich setzte sich jedoch die Gegenpartei mit den Demokraten durch.

Im Gegensatz zum Vater hatte sich Empedokles offen auf die Seite der Gegner einer Oligarchie gestellt. Als begabter Redner wandte er sich gegen alle Aristokraten, die er verdächtigte, erneut einen Umsturz zu planen. Sie wollten in Akragas eine Oligarchie errichten. Diese Aristokraten nannten sich „Die Tausend“. Die flammenden Reden von Empedokles sorgten für die Auflösung dieser politischen Bewegung und das Ende der Kämpfe.

„Empedokles war offensichtlich ein solch begabter Redner, dass er für mich als Erfinder der Rhetorik gilt.“

Nach diesem Einwurf von Aristoteles verwies Platon auf einen bedeutenden medizinischen Erfolg von Empedokles. So habe er die Einwohner der Stadt Selinunt von einer Seuche befreit, indem er auf eigene Kosten Kanäle anlegen ließ, um fauliges Wasser eines Flusses durch reines zu ersetzen. Das Prägebild einer alten Münze aus Selinunt bezeugt diesen Sieg über die Seuche.

Als Empedokles im Alter von etwa 40 Jahren eine neu gegründete Stadt besuchte, sollen einflussreiche politische Gegner seine Rückkehr nach Akragas verhindert haben. Nach einer in vielen Varianten überlieferten Legende hätte sich Empedokles daraufhin in den Ätna gestürzt und seinem Leben ein Ende gesetzt. Dies dürfte jedoch äußerst unglaubwürdig sein. Gleiches gilt für andere Erzählungen über seinen Tod. Ein zuverlässiger Geschichtsschreiber berichtet: Empedokles sei ausgewandert und habe sich auf dem Peloponnes niedergelassen und wäre dort gestorben. So erklären sich die recht unterschiedlichen Angaben für sein Todesjahr.

Wie dem auch war, die Bürger des heutigen Agrigent pflegen die Erinnerung an ihren Sohn: Ihm zu Ehren heißt der große Stadthafen „Porto Empedocle“.

Platon wollte noch einiges aus dem Leben von Empedokles ergänzen, allein Philipp konnte sich nicht gedulden und drängte:

„Und wie entstand für Empedokles die Welt?“

Die Antwort überließ Platon Aristoteles.

„Empedokles lehnte es ab, dass ein einziger Urstoff für die Entstehung der Welt reiche. Ebenso entschieden hielt er die Meinung für falsch, wonach es unendlich viele Urstoffe gebe. Empedokles genügten vier Urstoffe, die er ‚Elemente' nannte. Zu diesen Elementen erkor Empedokles abstrakte Urstoffe, keine Stoffe aus der Natur."

„Warum wählte er vier Elemente, nicht drei oder fünf?"

„Wahrscheinlich hat sich Empedokles von der Zahlenmystik im Orient und in der griechischen Mythologie leiten lassen.", meinte Herakleides. Darin gelte die VIER als Zahl der Ordnung in der materiellen Welt. Er argumentierte weiter: Die VIER verbinde zudem die irdische Welt mit dem Kosmischen. Beispiele seien die vier Mondphasen mit Neumond, zunehmendem Mond, Vollmond und abnehmendem Mond oder die vier Sonnenpunkte mit Frühlingspunkt, Sommersonnenwende, Herbstpunkt und Wintersonnenwende. Daran würden sich auch die vier Himmelsrichtungen ausrichten.

An dieser Verbindung der VIER mit der Ordnung in der Welt hat sich bis heute nichts geändert. Eine kleine Auswahl? Die Bibel berichtet in Daniels Traum von vier Weltaltern und vier Weltreichen. Im Paradies fließen vier Flüsse: Perat, Hiddekel, Gihon und Pischon. Christen verehren vier Evangelisten, Katholiken zusätzlich vier griechische und vier lateinische Kirchenväter.

Herakleides sah diesen Augenblick als günstige Gelegenheit, etwas aus der Sagenwelt der griechischen Götter einzuflechten – ohne dass jemand ihn tadeln könne: Auch in der Unterwelt, im Hades, dem Ort der Toten, existierten vier Flüsse: Acheron, Phlegethon, Styx und Kokytos.

Für die Auswahl von vier Elementen brachte Hermodor einen neuen Gedanken ins Spiel:

„Vielleicht dachte Empedokles an einen Olivenbaum oder an einen Rosenbusch als er seine Elemente auswählte. Alle Pflanzen brauchen vier Dinge: Erde, Wasser, Luft und Sonnenschein."

„Möglich auch, dass Empedokles meinte, an allen vier Elementen der früheren Philosophen wäre etwas Vernünftiges.", warf Kritolaos ein.

Aristoteles wollte nicht länger Vermutungen über die Zahl VIER erörtern, ihm war wichtig: Empedokles habe die vier Elemente mit bestimmten qualitativen Eigenschaften ausgestattet, die jedermann mit seinen Sinnen wahrnehmen könne:

„Diese vier Elemente sind: das obere, weiße, warme Lichte, das freie Luftige, das kühle, dunkle Nasse und das untere, verwurzelte Feste. Für seine Elemente wählte Empedokles die Namen der Urstoffe der früheren Naturphilosophen, also Feuer, Luft, Wasser und Erde."

Weiter wusste Aristoteles zu berichten:

„Für Empedokles existierten diese vier Elemente seit ewigen Zeiten, sie sind unveränderlich und voneinander unabhängig."

Mit anderen Worten: Empedokles betrachtete die vier Elemente als „gleichberechtigt" und dies in zweifachem Sinne: Die Elemente würden sich nicht auf einen einzigen, gemeinsamen Urstoff zurückführen lassen und sie könnten sich nicht ineinander umwandeln.

„Wie begründet Empedokles mit seinen Elementen das Werden und Vergehen in der Natur?" Damit fragte Andrikos nach dem Herzstück der Lehre von Empedokles.

Die Elemente mischten sich in einem bestimmten Verhältnis. Dafür wählte Aristoteles ein Beispiel, das von Empedokles stammt: Im Verhältnis von 4 : 2 : 2 würden die Elemente Feuer, Erde und Wasser einen Knochen ergeben.

„Was geschieht mit den Elementen beim Tod des Tieres?“

„Empedokles meint: Nach dem Absterben trennen sich die Elemente wieder voneinander.“

„Wie mischen und entmischen sich diese vier Elemente? Überlässt dies Empedokles den Elementen selbst oder bestimmt hierüber eine göttliche Macht?“, bohrte Andrikos nochmals nach.

Aristoteles begann:

Die vier Elemente könnten sich nach Empedokles weder von selbst mischen, noch bedürfe es einer göttlichen Macht. Es sei vielmehr so: Im gesamten Kosmos herrschten zwei entgegengesetzte Kräfte – die Liebe und die Zwietracht. Diese zwei Naturkräfte teilten ihre Macht ebenbürtig und zu gleichen Teilen. Die vier Elemente unterlägen dem Einfluss dieser Kräfte. Die Liebe wäre die Ursache für das Mischen, die Zwietracht dagegen verursachte das Entmischen.

Bei diesen Worten wiegte Aristoteles seinen Kopf hin und her, ein solches Übertragen von Liebe und Zwietracht in den Kosmos war ihm zuwider.

„Wie stellt sich Empedokles seine Elemente vor?“

„Vielleicht“ – antwortete Aristoteles zurückhaltend – „sollten wir uns diese Elemente als Brei vorstellen, einem Brei aus feinsten, unendlich kleinsten Teilchen. Die Elemente laufen durcheinander hindurch, dabei mischen sie sich bald zu diesem, bald zu jenem. Diese Teilchen sind nach Empedokles so klein, dass zwischen ihnen kein leerer Raum vorhanden sein muss. Sie bewegen sich wie Fische durch das Wasser, die ja auch keinen leeren Raum für ihre Bewegung im Wasser brauchen."

Als sich die Gesprächsrunde ihrem Ende näherte, bekannte Aristoteles:

Er hege Sympathien für diese Lehre von den vier Elementen. Aristoteles begründete dies mit vier Punkten: Zum einen billige er, dass Empedokles die Anzahl seiner Elemente auf vier beschränkte, zum anderen stimme er zu, die Elemente mit qualitativen Eigenschaften auszustatten, wie warm oder kühl und frei oder verwurzelt. Weiterhin unterstütze er die Verneinung der Leere. Zuletzt lobte Aristoteles besonders: Empedokles unterscheide deutlich zwischen passiven Elementen, die nicht selbst handelten, und aktiven Naturkräften, die als Ursache der Vorgänge wirkten.

Nur eines lehnte Aristoteles an der Lehre von Empedokles entschieden ab:

„Naturkräften in Gestalt von Liebe und Hass kann ich nicht zustimmen."

Ob Empedokles die Schüler der Akademie von seiner Idee über den Aufbau der Welt aus vier Elementen überzeugen konnte?

Sicher stimmten sie Empedokles in dem einen zu: Allein mit einem einzigen Urstoff kann die Entstehung der Welt nicht erklärt werden. Zu jener Zeit konnten sie nicht erahnen, dass die Idee der Elemente die Jahrtausende überleben und zur Grundlage der modernen Chemie aufsteigen würde – allerdings mit 92 Elementen.

Wer glaubt denn so etwas?

Allmählich fragten sich die Schüler immer ungeduldiger: Und wie denken Platon und Aristoteles über die Urstoffe der Welt?

Auf deren Ideen mussten sich die Schüler weiterhin gedulden. Aristoteles stellte zunächst eine andere Spekulation zur Diskussion. Erinnern Sie sich, wie Ihnen Ihr Lehrer erstmals von Atomen erzählte?

Zur Einführung in die Lehre von den Atomen reiste Aristoteles mit den Schülern in Gedanken nach Abdera. Fruchtbares Acker- und Weideland hatte einst Siedler an die Küste von Thrakien gelockt. Als Gründer der Stadt wusste Herakleides den Helden Herkules zu nennen. Dieser habe Abdera an der Stelle erbaut, wo einst die Rosse des Diomedes seinen Liebling Abderos zerrissen hätten. Auf die fragenden Gesichter einiger Mitschüler ergänzte Herakleides: Diomedes sei ein Sohn des Kriegsgottes Ares gewesen.

Für Aristoteles war Abdera vor allem der Geburtsort von Demokrit. Der Philosoph entstammte einem reichen Elternhaus. Sein Vermögen verwandte er für ausgedehnte Reisen. Demokrit rühmte sich:

„Ich bin von meinen Zeitgenossen am meisten auf der Erde herumgekommen, habe die meisten Himmelsstriche und Länder gesehen und die meisten gelehrten Männer gehört."

Das wäre allerdings kein Anlass, sich an den Philosophen zu erinnern, beteuerte Aristoteles. Der Grund sei ein anderer.

Zusammen mit seinem Lehrer Leukipp hatte sich Demokrit beharrlich mit dem Problem der Urstoffe der Welt herumgeschlagen. Ihre Ansichten unterschieden sich ganz und gar von vertrauten Denkweisen. Mit diesen Ideen irritierten sie ihre Zeitgenossen – noch mehr: schockierten sie ihre Mitmenschen. Ernsthaft behaupteten Leukipp und Demokrit: Die gesamte Natur bestehe aus kleinsten Teilchen – sowohl der fruchtbare Boden, die Pflanzen und Tiere als auch das Wasser im Meer und die Wolken am Himmel, selbst der Mensch.

„Sind die Atome des Demokrit so klein wie die Teilchen in den Elementen von Empedokles?“

Aristoteles verneinte die Frage von Hermodor. Nach Demokrit wären diese Teilchen unendlich hart, unzerschneidbar und daher unteilbar. Nach dem griechischen Wort „átomos“ für „das Unzerschneidbare“ nannte Demokrit die Teilchen Atome. Daher könne das Teilen eines Körpers nicht beliebig fortgesetzt werden. Irgendwann erhielte man Körperchen, die sich nicht weiter teilen ließen. Diese Atome seien ewig und bewegten sich ewig. Zwischen den Atomen habe Demokrit einen leeren Raum angenommen – nur unter dieser Voraussetzung können sich die Atome frei bewegen.

„Was versteht Demokrit unter einem leeren Raum?“, hakte Philipp nach.

„Leere ist dasjenige, in dem kein Körper anzutreffen ist, nicht einmal Luft.“

Aristoteles ergänzte: Für Demokrit könne Bewegung nicht ohne das Leere gedacht werden. Damit ein Atom, das sich an einem Platz A befindet, sich zu einem Platz B bewegen kann, müsse zuerst der Platz B sowie der gesamte Weg bis dorthin leer sein. Aristoteles fügte hinzu:

„Daher verstand Demokrit unter der Leere einen Raum, der überall dort existiert, wo keine Atome sind. Die Lücken zwischen den Atomen bilden den leeren Raum.“

„Hat Demokrit Beweise für die Existenz eines leeren Raumes?“

„Demokrit und die Anhänger seiner Lehre argumentierten: Ohne Leere ist keine Bewegung vorstellbar, es gibt aber Bewegung, somit existiert ein Leeres.“

„Meint Demokrit: Die Grundbestandteile der Welt wären das Volle und das Leere? Das Volle in Gestalt der Atome und das Leere in Gestalt der leeren Räume zwischen den Atomen?“

„Genauso lehrt es Demokrit.“

Als i-Punkt dieser Atomlehre zitierte Aristoteles die geflügelten Worte von Demokrit:

„Der gebräuchlichen Redeweise nach gibt es Farbe, Süßes, Bitteres – in Wahrheit aber nur Atome und Leeres.“

„Unfassbar!“ empörte sich Kritolaos unüberhörbar.

„Unglaublich“ stimmte ihm Hermodor bärbeißig zu.

„Welche Gestalt sollen die Atome aufweisen?“ Kritolaos ließ nicht locker.

„Nach Demokrit gleichen sich die Atome weder in ihrer Größe noch in ihrer Gestalt. Nach dem Aussehen gebe es unendliche und mannigfaltige Gebilde: größere und kleinere, runde wie Kugeln, aber auch unregelmäßige, zum Beispiel höckerige, schiefe, eingedellte oder ausgebeulte, mit einem Haken oder mit einem Vorsprung versehene, auch mit Aushöhlungen ausgestattete.“

Die Gestalten der Atome widersprachen dem Denken der Schüler, das von Ästhetik und Harmonie geprägt war.

„Wie entstehen für Demokrit aus Atomen sichtbare Körper?“

„Die Atome bewegen sich in alle Richtungen, wobei sie sich gegenseitig anstoßen und zurückprallen. Stimmen die Atome in Gestalt und Größe überein, schließen sie sich zusammen und verlieren für diese Zeit ihre Bewegung. Später trennen sie sich wieder. Alle Dinge unterscheiden sich durch Gestalt, Anordnung und Lage der sich zusammenfügenden Atome.“

Für Demokrit erklärten die unzähligen Unterschiede in den Gestalten der Atome die Tatsache, warum die Dinge in der Welt so unendlich verschieden sind. Demokrit und seine Anhänger erläuterten diese Idee mit einem Gleichnis zum Alphabet:

Reiht man die vier Buchstaben a, o, m und r in unterschiedlicher Abfolge an, entsteht sowohl das Wort „Roma“ als auch das Wort „Amor“. Auch in den Worten „Ursula“ und „Laurus“ stehen die Buchstaben nur vertauscht. Das heißt: Die unüberschaubare Vielzahl von Wörtern lässt sich allein aus unterschiedlichen Gruppierungen von einer kleinen und unveränderlichen Anzahl von Buchstaben aus dem Alphabet zusammensetzen. Daraus schloss Demokrit:

„Ebenso kann sich die unendliche Vielfalt der Natur aus verschiedenen Anhäufungen von Atomen bilden.“

„Wie stellt sich Demokrit solche schließbaren und wieder lösbaren mechanische Zusammenschlüsse vor?“

„Hierüber ist Demokrit im Unklaren gewesen, vielleicht hat ihn das gar nicht gekümmert.“

Sie – liebe Leser – können an Mechanismen denken ähnlich wie bei Druckknöpfen, Legosteinen, Klettverschlüssen, Knöpfen und Knopflöchern, Haken und Ösen oder Schrauben und Muttern. Lassen Sie Ihrer Fantasie freien Lauf!

Nur runde Atome konnten keine Verbindungen eingehen, weshalb Demokrit diese Gestalt den Seelenatomen zuwies. Und diese Seelenatome behalten ihre Bewegung selbst dann noch bei, wenn sie ein Mensch oder Tier einatmet und sie auf diese Weise in einen lebenden Organismus eingeschlossen sind.

„Aristoteles! Die Eigenschaften der Atome von Demokrit hast du uns genannt. Indes: Welche Eigenschaften soll das Leere besitzen?“

„Nach Demokrit kommt dem Leeren nur eine einzige Eigenschaft zu: Es besitzt eine Ausdehnung. Jedwede weitere Eigenschaft fehlt dem Leeren.“

„Ihr seht alle: Ich sitze hier auf diesem Schemel.“ Hermodor stand auf und zeigte darauf. „Nach Demokrit besteht das Brett aus Leere, in der Atome ziellos herumflitzen. Wie kann Demokrit das nur behaupten?“

„Wer glaubt denn so etwas?“, erboste sich Philipp. Fast alle lachten beifällig.

Augenblicklich entbrannte in der Runde eine hitzige Diskussion. Lautstark empörten sich Philipp, Andrikos und Hermodor, schleuderten einen Schwall von Fragen in die Runde:

„Bestehe ich etwa auch nur aus Atomen? Und was geschieht nach meinem Tod? Entmischen sich die Atome im Grab?“

„Vereinen sich diese Atome mit anderen und kehren als Gras oder Blumen an das Tageslicht zurück? Und was geschieht danach? Werden sie gefressen und fliegen als Zikaden durch die Luft? Oder noch schlimmer: Kriechen sie gar als Würmer in die Erde zurück?“

„Und meine Seele! Auch nur Atome?“

Den meisten Griechen dürften diese Annahmen als nebelhafte gedankliche Kapriolen erschienen sein, rätselhaft und abstrus. Uns Heutigen werden solche Bilder bereits zu Beginn des Physikunterrichts in das Denken eingepflanzt. Lassen Sie einmal ein Zitat aus der aktuellen Forschung zu Elementarteilchen auf sich einwirken:

„Laut Stringtheorie gibt es winzige, eindimensionale Saiten in einem zehndimensionalen Raum, die auf viele unterschiedliche Arten schwingen können. Elementarteilchen sind damit lediglich Zustände ein und derselben Sorte fundamentaler Strings.“

Soweit das Zitat. Alles klar? Was empfinden Sie beim Lesen dieser Zeilen? Können Sie erahnen, welch Misstrauen, Unverständnis bis Überdruss die Griechen gegen Demokrit und dessen Atome empfanden? Kehren wir zu der Runde in der Akademie zurück.

„Warum bewegen sich die Atome? Welche Ursache nennt Demokrit dafür?“

Hierzu konnte Aristoteles nur antworten, dass dies Demokrit ebenso wenig gekümmert habe, wie die Art der mechanischen Verbindungen. Für ihn würden Atome eben eine ewige Bewegung besitzen. Demokrit habe für diese Bewegung den Vergleich der Atome mit „Sonnenstäubchen“ gewählt: Im Sonnenschein werden „Sonnenstäubchen“ sichtbar, die sich noch bei Windstille von selbst bewegten und durch die Luft tanzten.

„Welche Argumente führt Demokrit für die Atome an?“

Mit dieser Frage lenkte Hermodor die Diskussion in eine andere Richtung – ermöglichte Theaitetos, seine geliebte Geometrie ins Spiel zu bringen. Dazu diente ihm eine Aufgabe, die bereits Demokrit den Zweifelnden gestellt hatte.

„Ihr alle kennt einen Kreiskegel. Stellt euch vor, wir schneiden diesen Kegel parallel zu dessen Basis durch. Was lässt sich über die zwei Schnittflächen sagen?“

Die Frage ist scharfsinnig und hinterlistig zugleich. An dieser Knacknuss scheitern noch heute Studenten, falls sie vorschnell antworten.

„Die Flächen sind gleich groß.“ Bekräftigend fügte Hermodor hinzu: „Das kann jeder sehen oder nicht?“

Zweifel kamen ihm keine, Hermodor war in die Falle getappt.

„Wären die zwei Schnittflächen gleich, hätte der Kegel die Eigenschaften eines Zylinders.“

Nach einer Pause zum Nachdenken vergewisserte sich Theaitetos:

„Stimmt es, Hermodor? Deine Antwort ist falsch!“

Theaitetos schaute zu Hermodor. Dieser blickte ungläubig zurück.

„Hermodor, erkennst du deinen Fehler?“

„Was soll falsch sein? Wenn die zwei Schnittflächen ungleich wären, würde die Oberfläche des Kegels eine Treppe bilden!“

„Da hast du allerdings recht.“

Mit winzigem Abstand zwischen Daumen und Zeigefinger deutete Theaitetos die Höhe einer Stufe an.

„Nach Demokrit hat in der Oberfläche des Kegels jede Stufe die Höhe einer Atomschicht. Und diese Stufen sind so niedrig, dass wir sie weder sehen noch fühlen können.“

Das schien allen logisch.

Für die Atomlehre spreche nach Demokrit auch die Tatsache, dass in ein mit Asche gefülltes Gefäß noch ebenso viel Wasser eingefüllt werden kann, wie das leere Gefäß fasst. Noch ein Beispiel führte Aristoteles an: Die in einem

Schlauch eingeschlossene Luft kann beim Zusammenpressen verdichtet und beim Öffnen des Schlauches verdünnt werden.

Das letzte Beispiel ermunterte Herakleides, ein Abenteuer aus der Irrfahrt des Odysseus einzuflechten:

„Auf der Insel des Äolos nahm der Herrscher der Winde Odysseus einen Monat lang gastfreundlich auf. Als die Stunde des Abschieds kam, überreichte der Gott der Winde ihm ein wertvolles Geschenk: einen Schlauch aus Rindsleder, in dem er alle starken Winde eingeschlossen hatte. Nur den Zephir, den milden Südwest-Wind, hatte er im Freien gelassen, sein zarter Hauch sollte die Schiffe nach Hause bringen. Odysseus erzählte seinen Gefährten von den Worten des Äolos: Auf ihrer Fahrt dürften sie den Sack nicht öffnen, ansonsten würden sie in große Gefahr geraten. Leider argwöhnten einige Matrosen, Äolos habe Odysseus einen besonderen Wein geschenkt und öffneten heimlich den Schlauch. Erzürnt fuhren gleichzeitig alle eingesperrten Winde heraus. Ein gewaltiger Sturm schleuderte das Schiff wie eine Nussschale hin und her und trieb es zur Insel des Äolos zurück."

Mehr brauche er nicht zu erzählen, meinte Herakleides, die Folgen für die Männer würden alle kennen.

„Was hat das mit Demokrit zu tun?", empörte sich Andrikos.

„Die Geschichte belegt, dass Wind zusammendrückbar ist und somit aus Atomen und aus leeren Räumen zwischen diesen besteht.", verteidigte sich Herakleides.

Danach stockte die Gesprächsrunde kurzzeitig. Die kleine Pause nutzte Kallippos und lenkte die Diskussion auf seine geliebte Astronomie.

„Was denkt Demokrit über den Kosmos? Wie entstand die Welt nach seiner Atomlehre?"

Mit dieser Frage eröffnete Kallippos die Debatte. Aristoteles begann seine Antwort mit einem Zitat von Demokrit:

„Beim ewigen Bewegen der Atome kommt den größeren und damit schwereren Atomen eine raschere Bewegung zu – und zwar nach unten. Auf diese Weise verdrängen die größeren Atome die kleineren, leichteren nach oben. Dabei kommt es zu Zusammenstößen, in deren Folge sich zahlreiche Atome seitlich bewegen und allmählich das Bilden von Wirbeln verursachen."

Diese Wirbel riefen den Unwillen einiger Schüler hervor.

„Wieder solch ein geheimnisvolles Drehen in Wirbeln wie bei Anaxagoras", protestierte Andrikos und bestärkte die Zweifler.

„Bei Anaxagoras vollzog der Geist – Nous – den ersten Anstoß für das Drehen.", erregte sich Kritolaos. „Bedürfen die Atome des Demokrit für ihre Wirbel ebenfalls eines Gottes?"

„Für Demokrit führte allein das ewige Bewegen der Atome zur Bildung der Welt. Weder das Entstehen noch das Fortbestehen der Welt bedürfen eines Weltenschöpfers. Für Demokrit haben Götter die Sinneswelt nicht geschaffen, und sie greifen nicht in den Weltenlauf ein."

Diese Antwort reichte Andrikos nicht.

„Wenn es keines Weltenschöpfers bedarf, entsteht ein Problem: Wer oder was hat die Schöpfung der Welt verursacht? Schließlich muss alles Werdende eine Ursache haben."

„Nach Demokrit gibt es nur eine einzige Ursache für die Schöpfung und Zerstörung: die Notwendigkeit! Es bedarf keines Weltenschöpfers."

Bei diesen Worten schüttelten einige Schüler die Köpfe. Deshalb legte Aristoteles eine kurze Pause ein. Schließlich setzte er fort:

„Schöpfung und Zerstörung müssen geschehen, wenn die Atome nach Gestalt und Größe zueinander passen."

Haderten schon zuvor viele Schüler mit den Gestalten der Atome, erwies sich das Leugnen eines Weltenschöpfers als ein zweiter Punkt, der ihnen in Demokrits Lehre aufs Äußerste missfiel. Ohne einen Weltenlenker, allein mit mechanischen Notwendigkeiten könnte es weder ein Schicksal noch eine Vorsehung geben.

Aristoteles hatte Respekt vor Demokrit, doch dessen Atomlehre war ihm zuwider, daraus konnte und wollte er keinen Hehl machen. Die Atomlehre sei falsch und er wolle mehrere Gründe für seinen Standpunkt anführen:

„Meine Kritik an Demokrit und den Anhängern seiner Lehre beginnt damit, dass sie die Frage nach der Ursache der Bewegung der Atome oberflächlich behandelt haben. Sie behaupten: Die Bewegung der Atome sei schlechthin ohne Anfang und bedürfe keiner Erklärung.

Ferner tadele ich Demokrit, dass er den Zufall auf den Kosmos anwendet. Ein rein zufälliges Zusammenschließen von Atomen in einem solchen Wirrwarr von kreuz und quer durcheinanderflitzenden Atomen könnte nie den wohlproportionierten Kosmos hervorgebracht haben. Und noch etwas: Ein zufälliges Bewegen und Zusammenschließen von Atomen würde irrwitzigerweise das Entstehen mehrerer, vielleicht sogar unendlich vieler Welten einschließen, die sogar beliebige Formen annehmen könnten. Was für ein Widersinn!"

Aristoteles blickte in die Runde und sah bei allen Schülern Zustimmung.

„Und erst das Lösen der Atome voneinander! In der Endkonsequenz bedeutet dies: Es müsste ein Ende der Welt geben. Nicht genug damit: Die wie Keks zerkrümelnde Erde und die zerbröselnden Planeten schwirrten anschließend als Staub, Schutt und Geröll durch das Weltall, bildeten neue Klumpen, die sich zu neuen Welten formten. Zusätzlich würden einzelne Brocken allein durch das Weltall fliegen."

„Hat das Demokrit wirklich so gemeint?", unterbrach ihn Kallippos.

„Die erhaltenen Texte gehen nicht in all solche Einzelheiten.", räumte Aristoteles ein. „Doch deine Frage darf ich bejahen. Demokrit hat das wirklich so gemeint. Wenn das Universum unendlich wäre, könnte das rein mechanische Verbinden von Atomen zu Himmelskörpern letztlich unermesslich viele Welten hervorbringen – die Zahl der Welten könnte unendlich sein. Und da die Welten nach Demokrit infolge zufälliger Kollisionen der Atome entstehen, könnten in anderen Welten andere Pflanzen und Tiere von anderer Art existieren – auf wieder anderen hingegen gar keine. Und wenn sich die Atome irgendwann voneinander lösten, gingen diese Welten zugrunde."

Sie sehen: Science-Fiction gehört zum Erbe der Antike, sie ist keine Erfindung von Cyrano de Bergerac, Jules Verne oder Hollywood. Und an dieser Stelle können Sie sich für Aristoteles freuen, dass er nicht in die Zukunft schauen konnte. Sicher wäre er fassungslos gewesen über das, was

Nobelpreisträger Shelton Glasow in einem Vortrag Kindern zu erzählen wusste:

„Der Mond wird der Erde so gefährlich nahe kommen, dass riesige Kräfte auf ihn wirken werden, die ihn zersplittern lassen. All seine Teile werden auf die Erde regnen und die Welt zerstören. Ihr müsst jetzt keine Angst um eure Familien und Freunde bekommen, bis es so weit ist, werden noch unzählige Millionen Jahre vergehen. Ich glaube, dass die Menschen dann längst ein neues Universum gefunden haben, mit einer anderen Sonne, einer anderen Erde und einem anderen Mond. Und sie werden die Möglichkeit haben, dort hinzureisen. Wo das sein wird, weiß ich nicht. Aber wir haben schließlich noch genug Zeit, das herauszufinden."

Zurück in die Akademie. Aristoteles fuhr mit seinen Argumenten gegen die Atomlehre fort:

„Zudem stört mich: Die Atome haben keine qualitativen Eigenschaften, sondern nur kunterbunte geometrische Formen mit phantasievollen Anhängen zum gegenseitigen Verbinden. Und als ob das allein nicht schon tollkühn genug ist, behauptet Demokrit obendrein: Die Atome mit ihren geometrischen Anhängen brauchen zwischen sich einen leeren Raum, damit sie sich bewegen können."

Der Gipfel sei schließlich:

„Eine solche Leere muss nicht nur für die Räume zwischen den Atomen, sondern sogar für den Kosmos angenommen werden – diese vielen Welten würden innerhalb einer unendlich großen Leere existieren."

Kallippos griff das Argument der Leere auf, ihn bewegten viele Fragen:

„Wie stellte sich Demokrit die Leere vor? Ist die Leere der Raum selbst, in dem sich die Atome bewegen? Ich meine: Ist der leere Raum die Bühne, auf der die Atome wie Schauspieler agieren?“

Als Kallippos die Verwunderung der Mitschüler erkannte, stellte er seine Frage neu:

„Oder heißt das: Die Leere besetzt den Raum ebenso wie das Volle? Ich könnte auch fragen: Existieren und bewegen sich Atome und Leeres gemeinsam im Raum?“

Der in der Geometrie hervorragend geschulte Kallippos verwirrte mit diesen Fragen die anderen Schüler vollends. Aristoteles behielt einen klaren Kopf. Für ihn war es widersinnig, einen Raum anzunehmen, in dem sich das Leere bewegt.

Zum Glück konnte Aristoteles nicht in unsere Gegenwart schauen – ein Blick in unsere Zeit hätte ihn sicher aufs Äußerste irritiert. Er hätte Wissenschaftlern zuhören können, die über die Frage diskutieren: Besteht der leere Raum aus Raumatomen?

Aristoteles schaute in die Runde und wiederholte bekräftigend:

„Es kann keinen leeren Raum geben – das ist bewiesen!“

Die meisten Schüler waren baff vor Erstaunen, einige misstrauten Aristoteles. Sie fragten sich: Kann Aristoteles das beweisen oder ist das nur eine zu Demokrit entgegengesetzte Spekulation?

„Wie hast du das bewiesen?“, wagte sich Andrikos vor.

„Anaxagoras hat das bewiesen, nicht ich.“

„Wie hat er das bewiesen?“, wollten alle wissen.

„Ihr kennt eine Klepsydra.“

Aristoteles brauchte seinen Zuhörern nicht zu erklären, was eine Klepsydra ist. Dagegen wissen viele von Ihnen –

liebe Leser – vermutlich nicht genau, was eine Klepsydra ist. Deshalb ein kleiner Rückblick:

Die Griechen nannten ihre aus dem Vorderen Orient übernommene Wasseruhr „Klepsydra“. Sie nutzten die Uhr vor allem dazu, die Redezeit von Politikern zu begrenzen. Gewöhnlich betrug diese sechs Minuten.

Die Griechen kannten ihre Klepsydra in verschiedenen Bauformen. Die einfachsten bestanden allein aus einem trichterförmigen Behälter, der im Boden ein Loch enthielt und auf seiner Innenseite Striche zum Ablesen der herausgeflossenen Wassermenge besaß. Zu Beginn einer Rede wurde die Uhr mit Wasser gefüllt. Während der Rede zeigte der Wasserspiegel im wahrsten Sinne des Wortes „die verflossene Zeit“ an.

Anaxagoras benutzte eine Wasseruhr anderer Bauart. Sie glich einer bauchigen Vase, die sich nach oben hin zu einem Hals verengte. An der Unterseite besaß seine Klepsydra mehrere kleine Löcher. Beim Wasserschöpfen tauchte Anaxagoras die Klepsydra in einen Brunnen und ließ Wasser einfließen. Mit einer Hand verschloss er sodann den Hals, zog die Klepsydra aus dem Brunnen und begann zu experimentieren.

Aus den vielen Experimenten war für Aristoteles allein eine Beobachtung des Anaxagoras wichtig: Nur dann floss Wasser aus den Löchern heraus, wenn Anaxagoras die Hand vom Hals der Flasche nahm und auf diese Weise deren Öffnung freigab. Und was habe Anaxagoras daraus geschlossen?

„Nur dann fließt Wasser aus den Löchern im Boden eines Gefäßes heraus, wenn Luft von oben nachströmen kann.“

„Welche Erklärung gibt Anaxagoras dafür?“

„Wäre aus dem verschlossenen Gefäß Wasser ausgelaufen, hätte im oberen Teil des Gefäßes nach und nach ein leerer Raum, eine Leere entstehen müssen. Das geschah jedoch nicht, kein Tropfen Wasser strömte heraus. Erst wenn er die Hand wegnahm und Luft einströmen konnte, floss aus den unteren Löchern Wasser heraus. Anaxagoras schloss:

Die als leer erscheinenden Gegenstände sind selbst nicht leer, sondern mit Luft erfüllt.

Das beweist:

Die Natur hat eine Scheu vor der Leere! Und damit ist die gesamte Atomlehre widerlegt!"

Bei diesen Worten sah Aristoteles triumphierend in die Runde. Noch eines betonte Aristoteles:

„Diese Scheu der Natur vor der Leere gilt in der gesamten Welt – von Demokrits Atomen bis in den letzten Winkel des Kosmos hinauf."

Vor dem Auseinandergehen regte Aristoteles die Schüler zu eigenen Untersuchungen an:

„Wer will, kann das alles selbst mit einem Weinheber ausprobieren."

Der Versuch von Anaxagoras reizte einige, sich abends Versuchen mit einem Weinheber zu widmen, andere erwogen sogar, sich eine Klepsydra zu beschaffen und das Experiment des Anaxagoras nachzuprüfen.

Als sich die Schüler trennten, einigte sie ein Wunsch – endlich wollten sie erfahren: Wie denken Platon und Aristoteles über den Aufbau der Körper, die Leere und die Entstehung der Welt?

Maß + Symmetrie + Harmonie = Wahrheit

Ein Tuscheln lief durch die Akademie. Die Schüler munkelten, Platon beende ein neues Werk. Darin offenbare der Philosoph das göttliche Geheimnis von der Entstehung der Welt bis zur Erschaffung des Menschen. Auch den Titel wollten einige wissen: „Timaios".

Platon liebte es, seine Schriften nach hervorragenden Wissenschaftlern zu benennen und der Name des Timaios passte zum Inhalt des neuen Buchs. Timaios stammte aus der Stadt Lokri. Platon hatte den Wissenschaftler bei seinem Aufenthalt in Tarent kennengelernt. Er galt als hervorragender Vertreter der Lehre der Pythagoreer, bewandert auf den Gebieten der Astronomie und Naturwissenschaft.

Mit diesen Gerüchten um sein Buch nahte für Platon die Stunde der Wahrheit. Zu zwei Fragen musste er sich den Schülern offenbaren:

Wie ist die Welt entstanden?

Worin besteht der göttliche Bauplan der Welt?

Lange schon hatte Platon in den letzten Wochen über die Frage gegrübelt: Wie sollte er den Schülern sein Geheimnis preisgeben? An diesem Morgen wollte Platon den Plan für sein Vorgehen endgültig schmieden. Dazu begab er sich an seinen Lieblingsplatz, eine Bank unter dem Schattendach eines alten, knorrigen Olivenbaums. In Sichtweite des Baumes hatte er vor Jahren verschiedenfarbige Oleander pflanzen lassen. Längst waren sie zu stattlichen Sträuchern herangewachsen. An diesen Platz zog sich Platon immer dann zurück, wenn er in Ruhe nachdenken wollte.

Platon hatte schon mehrfach überlegt, wie er den von ihm entdeckten göttlichen Bauplan der Welt allen Mitgliedern der Akademie so offenbaren könnte, dass jeder Einzelne zutiefst ergriffen sein möge. An diesem Morgen wollte Platon in seinem kleinen Paradies den endgültigen Plan festlegen.

Für die Einführung der Schüler in seine Vorstellungen über den Ursprung der Welt liebäugelte Platon mit vier Gesprächsrunden. Den Anfang müsste wohl eine Einführung in die Welt der göttlichen Ideen bilden. Daran sollte sich eine zweite Gesprächsrunde anschließen und zwar zu den schönsten Körpern der Welt. Eine dritte Runde würde sich den göttlichen Harmonien widmen. Nur wenn die Schüler sicheres Wissen über die göttlichen Ideen, die schönsten Körper und die göttlichen Harmonien besitzen, könnten sie in die von Platon entschlüsselten göttlichen Geheimnisse vom Bau der Welt eindringen.

Müssten alle Mitglieder bereits an der ersten Gesprächsrunde teilnehmen? Über die Welt der göttlichen Ideen wussten die alten Mitglieder der Akademie Bescheid. Wäre es nicht ausreichend, nur die neuen Mitglieder einzuladen? Dieses Gespräch müsste er nicht selbst führen. Das könnte er Xenokrates und Speusippos übertragen. Beiden vertraue er, dass sie seine Auffassungen umfassend darlegten. Gut wäre es, wenn Aristoteles dazu käme, dann hörten Andrikos, Kritolaos, Hermodor und Philipp auch gleich dessen ablehnende Meinung hierüber und sie könnten besser zwischen beiden Ansichten abwägen.

Wem könnte er die zweite Gesprächsrunde anvertrauen? Theaitetos? Vielleicht auch Kallippos? Er selbst begeisterte sich trotz seines hohen Alters noch immer für Geometrie, doch Theaitetos allein war nach dem Tod von Eudoxos der führende Geometer der Zeit.

Für Kallippos sprach etwas anderes: Vor Kurzem hatte sich der besonders an Geometrie interessierte Schüler einige Modelle von Flächen und Körpern in Ton brennen, andere aus Holz schnitzen lassen. Mit diesen Ton- und Holzfiguren könnte er alle Schüler anschaulich in die göttliche Geometrie einführen – in die Geometrie, die Gott beim Bau der Welt betrieben hat.

Die dritte und die vierte Gesprächsrunde wollte Platon nicht aus der Hand geben. In diesen Runden wollte er den Schülern berichten, was er vor Jahrzehnten bei seinem Besuch in Tarent von den Pythagoreern über die Harmonien der Welt erfahren durfte. Auch das Geheimnis, nach welchen Ideen der Weltenbaumeister die Atome, die Himmelskörper und die Planetenbahnen geschaffen hat, diesen Geheimschlüssel, den wollte Platon als Krönung der Gesprächsrunden selbst vortragen.

Damit stand der Plan für die vier Gesprächsrunden fest. Als Themen für die Gespräche wählte Platon:

Die Sinneswelt und die Welt der Ideen
Die schönsten Körper
Die Harmonien der Welt
Der göttliche Bauplan der Welt

Mit frohen Erwartungen an die nächsten Tage verließ Platon den Ort der Ruhe und Besinnung und weihte die älteren Schüler in seinen Plan ein.

Speusippos, Xenokrates und Aristoteles hatten sich mit den neuen Schülern für ihre Gesprächsrunde zur frühen Morgenstunde verabredet, solange die Dächer der Exedra noch Schatten spendeten und sie die Frische des beginnenden Tages genießen konnten.

Das Gespräch über die göttlichen Ideen eröffnete Xenokrates:

„Wie alle Philosophen suchen auch wir hier in der Akademie nach dem Wesen einer Sache. Und was ist das Wesen?"

Nach einem prüfenden Blick auf die Neuen setzte er fort: „Es ist das Ewige, das Unvergängliche einer Sache, nach dem wir suchen."

Mit einer weit ausladenden Handbewegung verwies Xenokrates auf die Olivenbäume jenseits des Weges.

„Schaut auf die Olivenbäume. Ein jeder sieht anders aus, dennoch: Wir nennen jeden einzelnen einen Baum. Wir können jeden Baum mit den Augen sehen, mit den Händen dessen Rinde abtasten, mit der Nase die Blüten riechen, mit der Zunge die Früchte schmecken und mit den Ohren seine Blätter rauschen hören."

Xenokrates hielt inne, schaute zu Andrikos und Kritolaos. Mit einem Nicken signalisierten sie Zustimmung.

„Doch: Wenn die Bäume eines Tages absterben, ein Sturm sie umbricht oder jemand sie abholzt? Was ist das Bleibende von diesen Bäumen?"

Xenokrates blickte wartend auf Philipp und Hermodor. Wollte einer antworten? Philipp drehte seine Hände abwägend hin und her. Schließlich meinte er unsicher:

„Es bleibt das Baumhafte."

„Könntest du das Baumhafte mit deinen Händen greifen und mit deinen Augen sehen?"

Philipp lachte und schüttelte mit dem Kopf, auch Kritolaos verneinte mit abwehrenden Handbewegungen.

„Bei allen Unterschieden zwischen den Bäumen ist dieses Baumhafte bei allen Bäumen dennoch Ein und das Selbe."

„Willst du damit sagen: Dieses nicht mit Händen Greifbare und nicht mit Augen Sehbare sei das Bleibende, das Wesen des Baumes?"

„Genauso ist es, Hermodor. Und dieses Wesen ist nur mit der Vernunft fassbar, nicht mit den Sinnen. Deshalb unterscheidet Platon zwischen zwei Welten: einer ‚Sinneswelt' und einer ‚Welt der Ideen' ".

Während Xenokrates gesprochen hatte, blickte Aristoteles wie abwesend in die Ferne, wobei er den Kopf verdrießlich hin- und herwiegte. Seine ganze Körperhaltung signalisierte nur Eines: totale Ablehnung. Mit Einwänden hielt sich Aristoteles noch zurück, die anderen Schüler sollten erst den Gedankengang von Platon zu Ende kennenlernen. Dann würde er seine Vorstellungen denen von Platon entgegenstellen.

„Wie meinst das Platon? Soll das heißen: Es gäbe zwei Welten?", entgegnete Kritolaos.

„Worin würden sie sich unterscheiden?"

Diese Fragen waren wie ein Stichwort für Speusippos:

„Alles, was die Sinne in der Welt erkennen können, wie dort den großen Olivenbaum mit dem in sich verdrehten Stamm, jenes Tagpfauenauge mit den Augenflecken auf den Flügeln oder hier diesen Holzwürfel mit der geschwungenen Maserung, alles dies nennt Platon die Sinneswelt. Diese Sinneswelt besteht zwar aus verschiedenen Materialien, wie

Holz, Fleisch oder Stein – allen gemeinsam ist vor allem das Eine: An ihnen nagt die Zeit. Ganz anderes gilt für die Ideen. Der Olivenbaum, der Schmetterling, der Holzwürfel, kurzum: Alle wahrnehmbaren Gegenstände in der uns umgebenden Sinneswelt sind nach Ideen geformt, die ewig und unveränderlich bleiben – zum Beispiel das Tagpfauenauge."

Herakleides wusste, dass er Speusippos verärgern würde, jedoch er liebte nun einmal die Welt der Götter- und Heldensagen.

„Wisst ihr, woher das Tagpfauenauge seinen Namen hat? Seine Augenflecken erwecken den Eindruck eines traurigen, von Tränen verschleierten Blickes."

Herakleides sah nur auf die neuen Schüler, auf Andrikos und Kritolaos. Das empörte Schniefen von Speusippos ignorierte er.

„Seinen Namen trägt der Schmetterling in Erinnerung an Io, einer Geliebten des Zeus. Aus Liebe und zum Schutz vor seiner Gattin Hera hatte Zeus seine Geliebte Io in ein Kalb verwandelt. Die Sage erzählt weiter: Ein Schmetterling ließ sich neben der unglücklichen Io nieder, um ihre Tränen aufzufangen."

Diese Sage lebt bis heute weiter – im wissenschaftlichen Namen „Inachis io" für das Tagpfauenauge!

Mit strafenden Blicken sahen Speusippos und Xenokrates auf Herakleides. Nach ihrem Verständnis hatte Herakleides den unpassendsten Augenblick gewählt. Xenokrates begann erneut:

„Wisst ihr, wie Platon diese zwei Welten charakterisiert? Die Welt der Ideen ist die wahre Welt, die Sinneswelt ist deren unvollkommenes Abbild."

Kritolaos begehrte auf:

„Will Platon sagen: Alle Dinge, die wir um uns herum sehen, seien nur schlechte Nachahmungen der ihnen zugrunde liegenden schönen Ideen?“

„Genauso meint das Platon. Wir haben eine zeitlose göttliche Idee erst dann erkannt, wenn wir entdeckt haben, worin sich in dieser Idee eine harmonische Proportion versteckt. Denn dank der Pythagoreer und dank Platon wissen wir: Das Schöne zeigt sich in der Harmonie.“

Aristoteles‘ Geduld schien erschöpft, doch er beherrschte sich noch einmal – er sah, wie Hermodor zweifelte und mit einem Einwand rang:

„Ab und zu wollten mich andere mit der Frage hereinlegen: Was war zuerst, Huhn oder Ei? Die Frage heißt bei euch ja dann: Was war zuerst, das Huhn oder die Idee vom Huhn?“

Aristoteles lachte schallend, die Frage des Hermodor war nach seinem Geschmack. Jetzt konnte Aristoteles nichts mehr bremsen.

„Ich stimme ja zu: Ein Baum und auch ein Huhn verändern sich im Laufe der Zeit. Richtig ist auch: Beide leben nicht ewig – dennoch: Das Wesen, das Allgemeine eines Baumes oder das Allgemeine eines Huhnes können die Menschen nur erkennen, nachdem sie eine bestimmte Anzahl von Bäumen oder Hühnern gesehen und beobachtet haben.“

Demetrios wollte sich vergewissern:

„Aristoteles, meinst du: Erst komme die Erfahrung und nur danach komme das Allgemeine oder die Idee, wie Platon es nennt?“

„Richtig, das meine ich! Anders geht es gar nicht. Platon stellt alles auf den Kopf. Bei ihm beginnt die Erkenntnis mit der Entdeckung göttlicher, ewiger Ideen in einem

Ideenhimmel. Bei mir beginnt die Erkenntnis mit der Beobachtung der Natur auf unserer Erde."

Legen wir eine kurze Pause zum Besinnen ein und erinnern uns an das berühmte Fresko „Die Schule von Athen". Darin charakterisiert Raffael die entgegengesetzten Auffassungen von Platon und Aristoteles über die Welt. Raffael lässt Platons Zeigefinger betont nach oben weisen, zur „Welt der göttlichen Ideen". Unter dem Arm trägt Platon sein Buch „Timaios". Dagegen wendet Aristoteles die Handfläche demonstrativ nach unten. Für Aristoteles beginnt die Erkenntnis mit der Beobachtung der Natur auf der Erde. Er trägt mit sich sein Buch „Vom Himmel".

Zurück in die Gesprächsrunde. Um noch deutlicher zu werden, fügte Aristoteles hinzu:

„Nicht die ‚Idee vom Huhn' war zuerst, nach der dann ein Weltenschöpfer die Hühner auf der Erde mehr oder weniger unvollkommen geschaffen hat, sondern zuerst waren die Hühner und aus der Beobachtung dieser Hühner bilden wir die Verallgemeinerung ‚Huhn'."

Xenokrates gab noch nicht auf.

„Weißt du, Aristoteles, nach Thales beträgt in einem Dreieck die Winkelsumme 180°. Wenn jeder von uns ein Dreieck zeichnet, die Winkel misst und deren Summen berechnet, würde wohl niemand exakt auf 180° kommen, bei einigen ergäben sich 178°, auch 179°, vielleicht sogar 181° oder 182°. Nur in der ewigen und vollkommenen Welt der Ideen beträgt die Winkelsumme zwei Rechte, nicht in der Nachahmung des Dreiecks in der Welt der Sinne."

Daraus schloss Xenokrates im Sinne Platons weiter:

„Sicheres Wissen können wir nur mit der Vernunft erkennen, nicht mit den Sinnen."

Aristoteles gab sich mit diesem Beispiel nicht geschlagen, er verzichtete jedoch auf eine weitere Entgegnung. Zu oft hatte Aristoteles mit Platon und mit Speusippos immer und immer wieder darüber gestritten – ohne jedwede Annäherung. Es konnte ja auch keinen Kompromiss in der Mitte geben. Für Aristoteles stand die Beobachtung am Anfang der Erkenntnis und dabei blieb er. Aristoteles räumte allerdings stets ein: Das Wesen sei nicht immer von Anfang an am Wahrnehmbaren erkennbar. Beim Wachsen eines Lebewesens trete dessen Wesen erst allmählich während des Wachsens hervor. Damit hielt Aristoteles alles für gesagt und entfernte sich von der Gruppe.

Dies empfand Xenokrates als günstige Gelegenheit, den neuen Schülern das Gleichnis von Platon über den Weg der Erkenntnis nahezubringen. Xenokrates begann:

„Für Platon sind die meisten Menschen in der Sinneswelt der vergänglichen Dinge gefangen. Wahre Menschenbildung besteht daher in der Befreiung des Menschen aus der Gefangenschaft innerhalb der Sinneswelt und dem Aufstieg in die Welt der ewigen, unwandelbaren Ideen."

Dafür hatte Platon ein Gleichnis entwickelt, das nach dem Wohnort der Menschen in einer Höhle als „Höhlengleichnis" bezeichnet wird.

„Stellt euch Menschen vor, die in einer höhlenartigen Wohnung unter der Erde leben. Diese Menschen sind von Jugend auf an Schenkeln und Hälsen in Fesseln geschmiedet, so dass sie in der Höhle unbeweglich sitzenbleiben und nur vorwärts auf eine Wand schauen. Wegen der Fesseln können sie ihre Köpfe nicht nach links oder rechts drehen und auch nicht den langen Gang erblicken, der aus der Höhle an die Erde führt, denn der Gang befindet sich hinter ihnen."

„Was können die Menschen in der Höhle sehen?", wollte Philipp wissen.

„Erhellt wird die Höhle von einem großen Feuer, das oben auf der Erde brennt, und dessen Licht durch den Gang in die Höhle hineinscheint. Vor dem Eingang der Höhle sei einer Querweg, längs dem eine kleine Mauer erbaut ist. Stellt euch nun weiter vor: Längs dieser Mauer trügen Leute allerhand über die Mauer hinausragende Gerätschaften aus Holz, Stein und allerlei sonstigen Stoffen, auch Statuen von Menschen und Nachbildungen von Tieren. Einige der Vorübertragenden lassen ihre Stimme hören, andere schweigen. Die Gefangenen sehen nur die Schatten der Gegenstände, von den Trägern ahnen sie nichts."

„Ein wunderliches Gleichnis!" Kritolaos schauderte bei dieser Vorstellung.

„Bedauernswerte Gefangene!", ergänzte Hermodor.

„Platon fragt in diesem Gleichnis weiter: Haben wohl solche Gefangene von ihrer eigenen Person und voneinander etwas anderes zu sehen bekommen als die Schatten, die von dem Feuer auf die ihrem Gesichte gegenüberstehenden Wand fallen?"

„Unmöglich."

„Weiter: Wenn die Wand in der Höhle auch ein Echo zurückwürfe, sooft jemand der Vorübertragenden sich hören ließe, glaubt ihr wohl, die Gefangenen würden den Laut etwas anderem zuschreiben als den vorüberschwebenden Schatten?"

„Ich glaub es nicht."

„Überhaupt: Würden solche etwas anderes für wahr gelten lassen als die Schatten jener Gebilde?"

„Nein!" antworteten die Schüler wie aus einem Munde.

Hermodor ergänzte:

„Was sich auf der Wand abspielt, ist für sie die Wirklichkeit und wahr. Sie entwickeln eine Wissenschaft von den Schatten."

Schweifen hier Ihre Gedanken ab? Denken Sie bei der Wand in der Höhle an ein Display auf einem Tablet? Und an die Animation von Menschen, Tieren und Autos in den Spielen auf dem Display – gleichen sie nicht den Schattenfiguren auf der Höhlenwand? Hätte Platon sein Gleichnis heute vielleicht mit Spielern an Tablets geschrieben? Zurück in die Akademie.

Xenokrates entwarf nunmehr das Bild, wie es bei der Befreiung der Gefangenen von ihren Fesseln zugehen könnte.

„Stellt euch vor, was geschähe, wenn einer der Gefangenen von den Fesseln befreit und genötigt würde, plötzlich aufzustehen, den Hals herumzudrehen, in der Höhle herumzugehen, in das Licht zu schauen. Bei all dem Glanz und Flimmern vor seinen Augen würde er jene Dinge nicht sehen können, deren Schatten er zuvor sah. Was würde dieser Mensch wohl sagen, wenn ihm jemand erklärte, dass er zuvor nur ein unwirkliches Schattenspiel gesehen habe, dass er aber nunmehr den wahren Dingen schon näher sei und sich schon den wirklicheren Gegenständen zugewandt habe? Würde dieser bisher Gefangene nicht in Verwirrung geraten und meinen, die vorher geschauten Schattengestalten hätten mehr Realität als die, welche er jetzt gezeigt bekomme?"

Einhellig stimmten die Schüler zu.

„Wenn man ihn zwänge, in das Licht selbst zu sehen, so würde er Schmerzen an den Augen haben, davonlaufen und sich wieder jenen Schattengegenständen zuwenden, die er ansehen kann, und würde dabei bleiben, diese Schattengestalten wären wirklich deutlicher als die Gestalten, welche er gezeigt bekam. Wenn aber jemand ihn aus dieser Höhle mit Gewalt in den rauen und steilen Aufgang zöge und ihn nicht losließe, bis er ihn an das Licht der Sonne herausgebracht hätte, würde er dann nicht voll geblendet werden und also gar nichts von den Dingen sehen können, die jetzt als wirkliche ausgegeben werden?"

„Wenn der Übergang so plötzlich käme, könnte er freilich nichts sehen."

Hierauf entwickelte Xenokrates in welchen Stufen sich der Befreite allmählich an das Licht gewöhnen würde:

„Am leichtesten würde er die Schatten auf der Erde anschauen können und die im Wasser von den Menschen und den übrigen Wesen sich abspiegelnden Bilder, sodann die wirklichen Gegenstände selbst. Danach würde er die Gegenstände am Himmel und den Himmel selbst erst des Nachts erkennen, durch Gewöhnung seines Blicks an das Sternen- und Mondlicht. Und endlich vermag er natürlich die Sonne, das heißt nicht ihre Spiegelung im Wasser, sondern sie selbst in ihrer Reinheit und in ihrer eigenen Region anzublicken sowie ihr eigentliches Wesen zu beschauen."

Auch das fanden die Schüler einsichtig.

„Nach solchen Vorübungen würde er über die Sonne die Einsicht gewinnen, dass sie die Urheberin der Jahreszeiten und Jahresläufe ist, dass die Sonne die Mutter von allen Dingen im Bereiche der sichtbaren Welt ist. Wenn der Befreite nun an seinen ersten Aufenthaltsort zurückdenkt und an die dortige Weisheit seiner Mitgefangenen: Wird er sich da wohl nicht wegen seiner Veränderungen glücklich preisen und jene bedauern? Und wenn ein solcher wieder hinunterkäme und sich wieder auf seinen Platz setzte: Würde er da nicht die Augen voll Finsternis bekommen, wenn er plötzlich aus dem Sonnenlicht käme?

„Sicherlich.“, waren sich die Schüler einig.

„Aber wenn er nun, während sein Blick noch verdunkelt wäre, wiederum im Erraten jener Schattenwelt mit jenen ewig Gefangenen wetteifern sollte, und zwar ehe seine Augen wieder zurechtgekommen wären – und die zur Gewöhnung erforderliche Zeit dürfte nicht ganz klein sein – würde er da nicht ein Gelächter veranlassen, und würde es nicht heißen, weil er hinaufgegangen wäre, sei er mit verdorbenen Augen zurückgekommen, und es sei nicht der Mühe wert, nur den Versuch zu machen, hinaufzugehen? Und wenn er sich gar unterstände, sie zu fesseln und hinaufzuführen, würden sie ihn nicht ermorden, wenn sie ihn in die Hände bekämen und ermorden könnten?“

„Gewiss.“

Nunmehr wandte Xenokrates das Gleichnis auf die zwei Welten an, über die sie zuvor gesprochen hatten: die Sinneswelt und die Welt der geistigen Ideen. Xenokrates bat die Schüler, zwei Vergleiche anzustellen:

„Die mittels des Gesichts sich uns offenbarende Welt vergleicht einerseits mit der Wohnung im unterirdischen Gefängnis, und das Licht des Feuers in ihr mit dem Vermögen der Sonne. Das Hinaufsteigen und das Beschauen der Gegenstände über der Erde andererseits stellt euch als den Aufschwung der Seele in die nur durch die Vernunft erkennbare Welt vor.“

Mit dem Höhlengleichnis wollte Xenokrates den neuen Schülern sagen: Nur im Bereich der Vernunfterkenntnis ist die Idee für den göttlichen Bauplan der Welt zu erkennen.

Nach und nach versammelten sich die Schüler um Theaitetos und Kallippos. An diesem Morgen lernten die neuen unter ihnen erstmals die schönsten Körper der Welt kennen.

Vor Kallippos lagen zwei verknotete Tücher. Die darunter verborgenen Dinge beulten die Tücher aus, ließen Rundungen, Ecken und Spitzen erahnen. Mehrmals zog Kallippos die Tücher zurecht, sodass die Mitbringsel vor den Blicken der Schüler verborgen blieben. Schließlich eröffnete Theaitetos die Gesprächsrunde:

„Vor mehr als drei Jahrzehnten weilte Platon in Tarent bei Archytas, dem führenden Kopf der Pythagoreer. Archytas begeisterte Platon für die Kugel als schönsten aller Körper. Die Pythagoreer hatten keine Beweise für ihre Vorstellungen vom Aufbau des Kosmos – dennoch: Die Gestalt der Erde und aller anderen Himmelskörper konnten sie sich nur als äußerst vollkommene, makellose Körper vorstellen – und das seien allein Kugeln."

„Und welche Körper hielten sie für die nächstschönsten?" Damit eröffnete Andrikos den Reigen der Fragen.

„Vielleicht Pyramiden oder korinthische Säulen?", mutmaßte Philipp.

Herakleides wagte eine kleine Geschichte aus der Welt der olympischen Götter einzustreuen:

„Wenn wir Zeus fragten, antworte er vielleicht: ‚Die schönsten Körper sind die goldenen Äpfel, die Gaia meiner Frau Hera zu unserer Hochzeit geschenkt hat und die jetzt von den Hesperiden bewacht werden.' Möglicherweise wäre für Zeus noch ein anderer Körper der schönste: Ich denke an die mit Edelsteinen geschmückte und mit Gold verzierte

Büchse, die Zeus der Pandora bei ihrer Hochzeit mit Epimetheus schenkte."

„Herakleides, hier geht es allein um geometrische Schönheit.", rüffelte ihn Kallippos. „Außerdem: Verband Zeus mit der Büchse der Pandora nicht einen anderen Gedanken?"

Theaitetos ließ sich nicht ablenken:

„Für die Pythagoreer mussten die nächstschönsten Körper etwas mit dem schönsten Körper zu tun haben – mit der Kugel."

„Welche sind das?"

„Wollen wir das Rätsel nach den nächstschönsten Körpern lösen, wird alles leicht verständlich, wenn wir zunächst zwei andere Fragen klären: Welches ist die schönste Fläche? Und: Welches sind die nächstschönsten Flächen?"

„Für die Pythagoreer könnten vielleicht der Kreis, die Ellipse oder das Quadrat die schönsten Flächen sein. Mir gefallen alle drei.", meinte Andrikos.

„Allein der Kreis kann es sein.", entschied Theaitetos. „Warum? Das werdet ihr gleich verstehen."

Theaitetos gab Kallippos ein Zeichen. Daraufhin schnürte Kallippos den Knoten eines Tuches auf. Er zog eine in Ton gebrannte Kreisscheibe hervor. Theaitetos ergriff sie und begründete die Wahl der Pythagoreer für den Kreis als schönste Fläche:

„Der Kreis hat keinen Anfang und kein Ende. Ähnlich der Kugel sind alle Punkte des Kreises gleich weit vom Mittelpunkt entfernt. Ebenso wie die Kugel weist der Kreis überall die gleiche Krümmung auf, und auch der Kreis besitzt weder Ecken noch Kanten oder Beulen."

„Kann so viel Schönheit jemand für eine andere Figur behaupten?", fragte Kallippos die Umstehenden.

Alle mussten die Frage verneinen.

„Und welche Flächen erkoren die Pythagoreer als die nächstschönsten?“, fragte Theaitetos weiter.

Nach einer kurzen, mehr rhetorischen Pause, lüftete er das Rätsel:

„Für die Anhänger von Pythagoras konnten es nur Flächen sein, die in einem Zusammenhang mit dem Kreis stehen, denn der Kreis ist die schönste aller Flächen. Daher betrachteten sie solche Vielecke als nächstschönste Flächen, deren Eckpunkte auf einem Kreis liegen.“

Bevor Theaitetos fortsetzte, vergewisserte er sich in den Gesichtern der Umstehenden, ob sie ihm folgen können. Kritolaos protestierte. Sein Einwand:

„Wenn ich“ und dabei malte er schnell ein Kreis auf den Erdboden „drei beliebige Punkte auf einem Kreis miteinander verbinde, kann ich unzählige Dreiecke erhalten, zum Beispiel das Dreieck, das ich jetzt andeute.“

Alle staunten über das unglaublich schiefwinklige Dreieck.

„Dieses Dreieck und viele weitere würden keinen Schönheitspreis erhalten – jedenfalls nicht von mir und von den Pythagoreern sicher ebenso nicht. Diese Dreiecke wären fürchterlich schiefwinklig und würden verschieden lange Seiten besitzen.“

„Dein Einwand ist berechtigt!“, stimmte Theaitetos zu. „Die Pythagoreer stellten an die nächstschönsten Flächen noch eine zweite Bedingung: Alle Seiten der Fläche müssen gleich lang sein. Das heißt: Die nach dem Kreis nächstschönsten Flächen sind regelmäßige Vielecke.“

Damit keine Missverständnisse entstehen konnten, zog Kallippos unter dem Tuch zwei in Ton gebranntes Formen hervor. Eine Form diente als Modell für ein gleichseitiges Dreieck, die andere Form als Modell für ein Quadrat.

„Beide Figuren sind regelmäßige Flächen: Alle Seiten am Dreieck sind gleich lang. Das gilt auch für die Seiten des Quadrats."

Theaitetos kam immer mehr in Fahrt: „Wir zeichnen in dem regelmäßigen Dreieck die Winkelhalbierenden ein". Zu diesen Worten griff er nach einem weichen Stein und deutete die Linien auf dem Tondreieck an.

„Was sehen wir? Die drei Winkelhalbierenden schneiden sich in einem Punkt."

Theaitetos blickte in die Runde, alle stimmten ihm zu.

„Dieser Schnittpunkt ist der Punkt, um den ihr zwei Kreise schlagen könnt. Beide Kreise berühren das Dreieck: Der größere Kreis trifft das Dreieck in allen drei Ecken von außen." Theaitetos deutete diesen Kreis mit dem Zeigefinger an.

„Der zweite, kleinere Kreis schmiegt sich von innen an die Mitten der drei Seiten an." Auch diesen Kreis deutete Theaitetos an.

Kallippos suchte in der Tasche nach zwei Kreisscheiben, für die er dem Töpfer die Maße vorgegeben hatte. Schließlich kramte er die Scheiben hervor und legte sie neben das Dreieck. Kallippos bat Andrikos, die Scheiben und das Dreieck nach seinen Angaben auszulegen:

„Zuerst die große Kreisscheibe – darauf das Dreieck!" Alle erkannten: Die drei Ecken lagen auf dem Kreis.

„Lege als Nächstes die kleine Kreisscheibe so auf das Dreieck, dass sich die Scheibe von innen an die Seiten des Dreiecks anschmiegt."

Der Ästhetik und Harmonie der drei aufeinanderliegenden geometrischen Formen konnte sich keiner der Umstehenden entziehen. Anschließend wollte Kallippos das Gleiche für ein Quadrat demonstrieren.

„Wer zeigt, dass es für das regelmäßige Viereck, das Quadrat, ebenso zwei Kreise gibt, von denen der größere die Ecken des Quadrats von außen berührt, während sich der kleinere von innen an die Mitten der Seiten anschmiegt?“

Kritolaos bewältigte die Aufgabe mühelos.

„So viel zu der schönsten Fläche, dem Kreis, und den nächstschönsten Flächen, den regelmäßigen Vielecken.“

Voller Zuversicht kehrte Theaitetos zu dem ursprünglichen Problem der schönsten Körper zurück.

„Ahnt ihr, welche Körper die Pythagoreer nach der Kugel als nächstschönste Körper erkoren? Habt ihr eine Idee?“

Als Erster wagte sich Kritolaos mit einer Vermutung hervor:

„Für die Pythagoreer müssten die nächstschönsten Körper regelmäßige Körper sein. Das könnten nur Körper sein, die von regelmäßigen Vielecken begrenzt werden. Ein Würfel mit seinen sechs Quadraten als Seitenflächen müsste mithin zu den nächstschönsten Körpern gehören.“

Kallippos knüpfte den Knoten vom zweiten Tuch auf und suchte vorsichtig nach dem Holzwürfel. Währenddessen vervollständigte Kritolaos bereits den Gedanken:

„Für regelmäßige Flächen können wir einen Kreis zeichnen, der die Fläche von außen umschreibt und einen zweiten Kreis, der sich von innen an die Mitten der Seiten anschmiegt. Entsprechend müssten für regelmäßige Körper zwei Kugeln existieren, die ähnliche Eigenschaften besitzen.“

„Für einen Würfel kann ich mir das sogar vorstellen.“, ergänzte Kritolaos und erläuterte: „Die äußere Kugel berührt alle acht Eckpunkte des Würfels von außen und die innere Kugel schmiegt sich von innen an die Mitten der sechs Seitenflächen an.“

Beide Kugeln versuchte Kritolaos mit den Händen zu formen – eine große um die Ecken eines gedachten Würfels, eine kleinere Kugel im Inneren. Theaitetos war des Lobes voll über Kritolaos und Andrikos.

„Allein Würfel genügten den Pythagoreern nicht. Sie bildeten weitere regelmäßige Körper – diesmal aus regelmäßigen Dreiecken."

„Welche Körper haben sie erhalten?", fragte Hermodor wissbegierig.

„Vielleicht eine Pyramide, wie die Cheops-Pyramide in Gizeh?"

„Philipp, wie viele Seiten hat die Cheops-Pyramide?"

Mit dieser Frage sollte Philipp den Fehler selbst erkennen.

„Die Cheops-Pyramide besteht aus vier gleichseitigen Dreiecken."

„Nein Philipp! Du hast die Grundfläche vergessen. Welche Gestalt hat diese bei der Cheops-Pyramide?"

Bevor Philipp die Antwort fand, sprudelte es schon aus Andrikos heraus:

Eine Pyramide wie im Alten Ägypten könne für die Pythagoreer kein regelmäßiger Körper gewesen sein. Denn die Cheops-Pyramide besitze außer den vier sichtbaren Dreiecken noch ein für den Betrachter unsichtbares Quadrat als Grundfläche. Ein regelmäßiger Körper müsse hingegen überall gleiche Flächen haben. Möglich wäre daher nur eine Pyramide mit drei gleichseitigen Dreiecken, zu der als Grundfläche ein viertes gleichseitiges Dreieck gehöre.

Kallippos tastete unter dem Tuch nach der Pyramide. Alle lobten den Schnitzer, sie war ihm gut gelungen.

„Ein solcher regelmäßiger Körper aus vier gleichseitigen Dreiecken heißt Vierflächner oder Tetraeder."

„Dein Gedanke mit der vierseitigen Pyramide in Ägypten kann uns jedoch zu einem weiteren regelmäßigen Körper führen.“, setzte Theaitetos mit Blick zu Philipp fort. „Wir müssen nur zwei davon nehmen und die Pyramiden an ihren Grundflächen zusammenfügen. So entsteht eine ‚Doppelpyramide' mit acht gleichseitigen Dreiecken. Daher heißt die Doppelpyramide Achtflächner oder Oktaeder.“

Kallippos fingerte unter dem Tuch einen Oktaeder hervor und hielt diesen wie eine Trophäe in die Luft. Darauf fragte Theaitetos:

„Könnten die Pythagoreer vielleicht noch einen weiteren regelmäßigen Körper aus gleichseitigen Dreiecken zusammengefügt haben?“

Während sich die Schüler noch berieten, platzte Hermodor heraus:

„Kallippos, du hast noch etwas unter deinem Tuch! Das sehe ich doch! Deshalb sage ich: Außer dem Tetraeder und dem Oktaeder gibt es noch einen dritten regelmäßigen Körper aus gleichseitigen Dreiecken! – Wie der aussehen könnte? Keine Idee.“

Schmunzelnd blickte Theaitetos auf das Tuch.

„Das hast du richtig erspäht. Unter dem Tuch hält Kallippos noch einen vierten Körper versteckt – und welch formvollendeter Körper das ist!“

Kallippos präsentierte den Körper. Kritisch fügte er hinzu:

„Zugegeben, dieser Zwanzigflächner in meiner Hand eignet sich gut als Beispiel für Platons Unterscheidung zwischen der Welt der vollkommenen Ideen und einer Sinneswelt der unvollkommenen Abbilder. Unser Schnitzer konnte nicht die Vollkommenheit erreichen, die einem

Ikosaeder zukommt. Gleichwohl könnt ihr euch nun einen Ikosaeder anschaulich vorstellen."

Alle wollten den Körper anfassen, ihn in ihren Händen halten, um dessen Flächen, Ecken und Kanten im wahrsten Sinne des Wortes zu „erfassen", zu „begreifen".

„Einen Augenblick noch Theaitetos!", bat Andrikos. „Gibt es nur diese vier regelmäßigen Körper, die Platon schon bei den Pythagoreern kennengelernt hat?"

Auf diese Frage hatte Theaitetos gehofft.

„Nach langem Tüfteln und Knobeln habe ich herausbekommen, dass es einen fünften regelmäßigen Körper gibt. Zwölf regelmäßige Fünfecke bilden dessen Oberfläche. Deshalb nenne ich diesen Körper Zwölfflächner oder Dodekaeder."

Theaitetos bedauerte, dass er kein Dodekaeder zeigen könne – nach mehreren Fehlversuchen hatte der Schnitzer verzweifelt aufgegeben.

„Kann man auch aus regelmäßigen Sechsecken einen regelmäßigen Körper zusammensetzen?"

„Nein Xenokrates, es gibt nur fünf regelmäßige Körper: Tetraeder, Hexaeder, Oktaeder, Ikosaeder und Dodekaeder."

In der Zwischenzeit hatte Kallippos ein drittes Tuch geholt. Theaitetos bat ihn, den Inhalt auf dem Boden auszulegen. Zum Vorschein kamen lauter in Ton gebrannte, rechtwinklige Dreiecke – allerdings in zwei Formen. Unaufgefordert sortierte Kritolaos sie in zwei Häufchen: Auf das eine legte er nur rechtwinklig gleichschenklige Dreiecke, auf das andere stapelte er die rechtwinkligen Dreiecke mit ungleich langen Schenkeln. Noch beim Aussortieren erkannte Kritolaos: Je vier der rechtwinklig gleichschenkligen Dreiecke lassen sich zu einem Quadrat zusammenfügen. Wie ein spielendes Kind formte er aus vier dieser Dreiecke ein Quadrat.

„Wie viele solcher rechtwinklig gleichschenkligen Dreiecken brauchten wir, um einen Würfel zusammensetzen zu können?“, fragte Theaitetos in die Runde.

„Für einen Würfel mit sechs quadratischen Seitenflächen brauchen wir sechsmal vier solcher Dreiecke, also insgesamt 24.“

„Und mit wie vielen dieser Dreiecke könnten wir ein Tetraeder zusammenfügen?“

Während einige noch rechneten, erkannten andere: Aus solchen Dreiecken würde sich niemals ein Tetraeder zusammensetzen lassen.

„Für einen Tetraeder müssen wir die anderen Dreiecke nehmen.“, erklärte Andrikos entschieden. „Die Seitenflächen des Tetraeders sind gleichseitige Dreiecke und nur mit den ungleichschenkligen Dreiecken können wir gleichseitige Dreiecke bilden.“

„Und wie viele dieser Dreiecke ergeben ein gleichseitiges Dreieck?“

Andrikos und Kritolaos brauchten nicht lange überlegen. Andrikos wählte zwei aus und legte diese mit den langen Schenkeln aneinander – die zwei Dreiecke ergaben ein gleichseitiges Dreieck. Kritolaos dagegen nahm sechs dieser Dreiecke. Er fügte je zwei mit ihren kurzen Schenkeln aneinander und formte aus drei Paaren ebenfalls ein gleichseitiges Dreieck.

Damit ging die Gesprächsrunde über die schönsten Körper zu Ende.

An diesem Morgen fanden sich die Mitglieder der Akademie früher ein als sonst. Keiner wollte zu spät kommen. Platon eröffnete die Gesprächsrunde mit einem Lob auf die Pythagoreer:

„Für die Männer um Pythagoras bildet der Kosmos eine schöne, harmonische Ordnung, die mit den kleinen ganzen Zahlen im Zusammenhang steht. Daher suchten sie im Versenken in die wunderbaren Gesetze der Zahlenwelt eine Vereinigung mit dem Göttlichen zu erreichen. Zuerst erkannten sie die Harmonien in der Musik, bald folgten die Harmonien in der Geometrie und als Krönung entdeckten sie die Harmonien des gesamten Kosmos."

Platon blickte in die Runde, prüfte die Wirkung seiner Worte auf die Schüler und begann, von seinem Gespräch mit Archytas über die Harmonien des Kosmos zu erzählen. Vor fast 40 Jahren hatte Platon Archytas gefragt:

„Wie seid ihr Pythagoreer zu dem Glauben an eine schöne, harmonische Welt gelangt?"

Logisch – hatte Archytas eingeräumt – logisch sei dies wohl nicht für jedermann nachvollziehbar.

Alte babylonische Lehren und Sagen aus der griechischen Mythologie gehörten zu den Quellen. Die Babylonier glaubten, der Himmel sei von Zahlen geordnet und die griechische Mythologie berichtet von dem wundersamen Spiel des Orpheus auf der Leier. Archytas hatte Platon gefragt, ob er sich an die Geschichten um Orpheus' Spiel auf der Leier entsinnen könne. Und ob, hatte Platon geantwortet. Augenblicklich habe er sich an das Wandbild erinnert, welches er als Kind bei seinem Onkel so oft bewundert hatte. Das dargestellte Geschehen hatte sich ihm tief eingeprägt.

Noch bevor Platon den Schülern vom Spiel des Orpheus auf der Leier erzählen konnte, bat Herakleides darum, dies übernehmen zu dürfen. Platon willigte ein. Überglücklich begann Herakleides aus der Dichtung von Hesiod zu rezitieren:

„Als Orpheus eines Tages in den Schluchten um den Olymp auf der Leier zu spielen begann, eilten die Tiere des Waldes herbei: Luchs, Löwe, Hirsch und Reh. Alle blieben friedlich vereint zu seinen Füßen – auch die Vögel, die gefiederten Sänger, flogen hinzu, lauschten den himmlischen Klängen."

Herakleides erzählte so, als ob alles erst gestern geschehen wäre und er dieses Konzert selbst miterlebt hätte. Immer Weiteres kam Herakleides in den Sinn, auch die Fahrt der Argonauten:

„Als Orpheus die Leier schlug, kreisten die Vögel in Scharen über seinem Haupt, hoben die Fische ihren Kopf aus dem Wasser, einige sprangen sogar Orpheus aus dem Meer entgegen. Sein Gesang brachte selbst Berge und Bäume in Bewegung, sie wanderten zu ihm hin, wenn Orpheus zur Leier sang."

Noch eine Geschichte aus dem Leben des Orpheus liebte Herakleides. Sie erzählt davon, wie die Liebe des Orpheus über den Tod seiner viel zu früh verstorbenen, heißgeliebten Gattin hinausreichte und Orpheus Eurydike aus dem Schattenreich des Hades zurückholen wollte. Herakleides erinnerte sich an die Worte in Homers Metamorphosen:

„Seiner Leier vertrauend, betrat Orpheus da den finsteren Weg nach dem Totenreich, auf dem ihm nur wenige lebend vorausgegangen waren: das Freundespaar Theseus und Peirithoos, das Persephone rauben wollte, und Herkules, der den Kerberos heraufholte. Charon erinnerte sich deren allzu gut. Dennoch bezwang auch ihn die Leier. Es heißt sogar, er habe seinen Kahn verlassen und sei dem singenden Orpheus gefolgt, um seinem beispiellosen Gesang vor dem unterirdischen Herrscherpaar zuzuhören. Während Orpheus sang, bellte der Kerberos nicht mehr und die Verdammten vergaßen ihre Strafe und ihr Leid. Sie unterbrachen ihre endlose Buße: Ixons Rad blieb stehen, die Töchter des Danaos hörten mit dem vergeblichen Wassertragen auf, Sisyphos setzte sich auf seinen Stein, Tantalos vergaß Hunger und Durst. Die Erinnyen staunten und die Totenrichter weinten. Schließlich rief Persephone, vom Gesang erweicht, nach Eurydike – und Orpheus ergriff die Hand der Geliebten."

Danach wollte Platon das Wort wieder ergreifen, doch Herakleides bat, die Erzählung aus der Sage beenden zu dürfen:

„Nach den Gesetzen des Hades durfte Orpheus seinen Blick nicht zurückwenden, bis er die Erde wieder erreiche. Schritt für Schritt stieg Orpheus mit Eurydike den ansteigenden Pfad durch die Totenstille und den Nebel nach oben. Sie waren nicht mehr weit vom Rand der Erdoberfläche entfernt als Orpheus fürchtete, dass Eurydike ermattet sein könnte und seine Augen auf die Geliebte richtete. Sogleich sank Eurydike zurück. Die Arme ausstreckend und sich bemühend Eurydike zu ergreifen, bekam der Unglückliche nur die zurückweichende Luft zu fassen. Und die Geliebte flüsterte das letzte "Leb wohl!", das Orpheus mit den Ohren kaum noch hörte, und sie sank wieder in das Reich der Toten zurück."

Alle Schüler waren von Herakleides' Rezitation ergriffen. Dennoch kehrte Platon ohne Umschweife zum eigentlichen Thema zurück.

„Damals fragte ich Archytas: Wie konnte Orpheus mit den Harmonien seiner Musik das Totenreich erweichen? Die Antwort von Archytas höre ich noch heute."

Platon trug die Antwort von Archytas betont bedeutungsvoll vor:

„Weißt du, welch kühner Eingebung unsere Brüder folgten? Orpheus konnte mit seiner Musik nur deshalb Lebende und Tote, Flüsse und Berge, die Tiere des Waldes, die Fische im Wasser und die Vögel in der Luft beeinflussen, weil die ganze Welt nach bestimmten Harmonien aufgebaut ist und beim Erklingen dieser Harmonien zur Resonanz kommt."

Platon unterbrach sich – ließ seinen Worten Zeit. Sie sollten nicht allein den Verstand der Schüler erreichen, sondern auch deren Herzen. Er schaute in die Runde. Platon wollte sich vergewissern: War ihm dies gelungen? Waren die Schüler von der Idee der Harmonien in der Welt ergriffen? So fasziniert, wie er selbst damals in Tarent ergriffen war?

Schließlich erzählte Platon weiter:

„Deshalb untersuchten die Pythagoreer als Dienst an Gott systematisch die Töne der Saite eines Monochords. Allmählich kamen sie den musikalischen Harmonien auf die Sprünge. Sollten etwa die Harmonien mit der Länge der Saiten zusammenhängen? Ihre Vermutung prüften sie an einer Rohrflöte. Dazu wählten sie unterschiedlich lange Flöten. Wisst ihr, welches göttliche Geheimnis sie entdeckten?"

Stolz flocht Platon ein, dass Archytas mit dieser Antwort begonnen hatte, erstmals einen Fremden in die innersten Geheimnisse der Pythagoreer einzuweihen.

„Archytas enthüllte mir das Geheimnis der musikalischen Harmonien: Die Töne erklingen in einer Harmonie, wenn sich die Saitenlängen wie kleine ganze Zahlen zueinander verhalten. Befinden sich die Saitenlängen im Verhältnis 1:2 jubilieren sie in einer Oktave. Schwingen die Saiten im Verhältnis 2:3 – lassen sie eine Quinte erklingen. Eine Quarte ertönt bei einem Verhältnis von 3:4.“

„Und welche Harmonien erklingen bei den nachfolgenden Verhältnissen 4:5 und 5:6?“

„Gar keine. Weißt du, Herakleides, was die Pythagoreer für das Zahlenverhältnis der Saitenlängen von 4 : 5 und für weitere Zahlenverhältnisse wie 5 : 6 feststellen mussten? Sie alle klingen außerordentlich dissonant.“

Platon fügte noch an:

„Als ich zu Archytas sagte ‚Diese Versuche müssen wohl eine arge Quälerei für die Saiten und die Ohren gewesen sein.‘ hat er mich ziemlich missbilligend angeschaut.“

Hier dürfte eine kleine Einfügung hilfreich sein: Erst ab der Renaissance wurden auch andere Tonintervalle wie die Terz als harmonisch empfunden.

Zum Schluss zitierte Platon nochmals Archytas:

„Daraus ergibt sich unser methodisches Vorgehen: Im Versenken in die wunderbaren Gesetze der Zahlenwelt suchen wir, eine Vereinigung mit dem Göttlichen zu erreichen.“

Platon schloss die Einführung in die Harmonien der Welt mit einem Hinweis auf Polyklet, den „Vielgerühmten“. Der Bildhauer hatte für seine Skulpturen die vollkommenen Proportionen des idealen Menschenbildes gesucht. Harmonische Proportionen habe er jedoch nicht gefunden. So entspricht der Kopf einem Siebentel der Gesamthöhe. Der Fuß muss dreimal so lang sein wie die Handflächen. In diesen und weiteren Verhältnissen benannte Polyklet mithilfe der Mathematik die Maße für ein ideales Menschenbild. Zur Dokumentation seiner Maßverhältnisse schuf Polyklet die Skulptur „Der Speerwerfer“.

Danach gab Platon das Wort an Theaitetos ab. Platon hatte Theaitetos gebeten, die Schüler in die Harmonien der Arithmetik und Geometrie einzuführen. Sie – liebe Leser – müssen die nächsten drei vier Absätze nicht bis ins Letzte verstehen, Sie mögen bitte nur etwas von dem Geist erhaschen, wie und wofür in der Akademie Arithmetik betrieben wurde.

Theaitetos fragte die Runde:

„Wann stehen zwei Flächen oder zwei Körper in einem harmonischen Verhältnis?“

Die Antwort gab er selbst: Damit zwei Quadrate mit den Seiten a und b in einem harmonischen Verhältnis zu einander stehen, muss es eine mittlere Proportionale „ab“ geben. Als Proportion geschrieben: $a^2 : ab = ab : b^2$. Für zwei Quadrate mit den Seitenlängen 2 und 3 ist die mittlere Proportionale ab = 2 x 3 = 6 und die harmonische Proportion heißt: 4 : 6 = 6 : 9.

Nunmehr übertrug Theaitetos diese Überlegungen auf zwei Körper: Damit zwei Körper in einem harmonischen Verhältnis zueinander stehen, bedarf es zweier mittlerer Proportionalen. Für zwei Würfel mit den Kantenlängen a und b heißen diese „a^2b“ und „ab^2“ und die vollständige Proportion lautet: $a^3 : a^2b = a^2b : ab^2 = ab^2 : b^3$.

Für zwei Würfel mit der Kantenlänge 2 und 3 sind diese zwei mittleren Proportionalen $a^2b = 2^2 \times 3 = 12$ und $ab^2 = 2 \times 3^2 = 18$. Damit gilt für die zwei Würfel die harmonische Proportion 8 : 12 = 12 : 18 = 18 : 27.

Nach diesem Ausflug in die Welt der Proportionen bei Zahlen, Flächen und Körpern holte Theaitetos nochmals die Tonfiguren hervor, mit denen die Schüler in der zweiten Gesprächsrunde die Seitenflächen für die schönsten Körper zusammengesetzt hatten. Diesmal lenkte Theaitetos die Aufmerksamkeit der Umstehenden allein auf die rechtwinkligen Dreiecke mit den ungleichlangen Schenkeln.

„Sind auch in diesen rechtwinkligen Dreiecken mit ungleichen Seiten harmonische Verhältnisse verborgen? Probiert es aus!"

Beim Anlegen zweier Dreiecke zu einem gleichseitigen Dreieck erkannten alle: In den Tondreiecken betrugen die spitzen Winkel 30° und 60°. Sie bildeten somit das harmonische Verhältnis 1:2. Auch das Verhältnis der Längen von Hypotenuse und kleinem Schenkel ermittelten sie. Die Hypotenuse war doppelt so lang wie der kleine Schenkel. Damit bildeten die Längen des kleinen Schenkels und der Hypotenuse wiederum das harmonische Verhältnis 1:2.

Theaitetos beendete die Spielerei mit den Tonformen und entließ die Schüler:

„Für morgen seid ihr gut vorbereitet."

Einige Schüler fragten sich allerdings: Was mögen die schönsten Körper der Pythagoreer, die göttlichen Proportionen und erst recht die Dreiecke mit dem Bau der Welt zu tun haben?

Doch zunächst freuten sich die Schüler auf den Abend – Platon hatte zu einem Symposium eingeladen und versprochen: Bei diesem Gelage würden sie Wein und Wasser in den Proportionen der himmlischen Harmonien mischen. Beginnen würden sie mit der Oktave und der Quinte. Am meisten freuten sie sich auf die Quarte. Dann würden sie Wein und Wasser im Verhältnis 3:4 trinken.

Der göttliche Bauplan der Welt

„Nach welcher Idee hat Gott die Welt geschaffen?"

Gespannt blickten alle auf Platon, lange hatten sie auf diesen Augenblick warten müssen. Endlich wollte der fast 80-Jährige sein Geheimnis offenbaren – den von ihm entschlüsselten göttlichen Bauplan der Welt preisgeben. Platon ließ sich Zeit, schaute in die Runde, begrüßte jeden mit einem verheißungsvollen Blick. Schließlich begann er mit ruhiger Stimme:

„Welchen Leitspruch könnte ich über den göttlichen Bauplan der Welt stellen? Am treffendsten kann ich die göttliche Idee auf die Formel bringen:
Maß + Harmonie + Symmetrie = Schönheit = Wahrheit."

Hieraus begründete Platon den Leitspruch, den er vor Jahrzehnten am Eingangstor in die Akademie hatte einmeißeln lassen:

„Kein der Geometrie Unkundiger trete hier ein."

Zu diesen Worten wandte Platon den Kopf in die Richtung des Eingangstores.

„Nach langem, angestrengten Nachdenken, das mich manchmal auf Irrwege, andermal in Sackgassen leitete, habe ich am Ende glücklich den Ausgang aus einem schier endlos scheinenden Gedankenlabyrinth gefunden und den göttlichen Bauplan der Welt entschlüsselt."

Platon setzte fort:

„Ihr werdet erkennen: Bei der Schöpfung der Welt hat Gott Mathematik betrieben. Das meinte auch der weise Salomon, von dem die Worte stammen:

‚Aber du hast alles geschaffen nach Maß und Zahl. ' "

Anfangs nannte Platon den Grund, der Gott veranlasste, das Weltgebäude genau in der von Platon erkannten Weise zusammenzufügen:

„Der Werkmeister wollte, dass alles möglichst gut, nichts aber schlecht sei. So führte er das ganze Reich des Sichtbaren, das er vorfand und das an kein Maß und keine Regel gebunden war, aus der Unordnung zur Ordnung über."

Da in der Natur nichts Vernunftloses jemals schöner sein werde als etwas Vernunftbegabtes und da andererseits ohne Seele keinem Wesen Vernunft beiwohnen könne, schlussfolgerte Platon:

„So haben wir allen Grund zu behaupten, dies Weltall sei ein beseeltes und in Wahrheit vernünftiges Geschöpf. Und Gottes Wille war es, die Welt dem Schönsten und in jeder Beziehung Vollkommenen unter allem, was sich die Vernunft denken kann, so ähnlich wie möglich zu machen. Und deshalb schuf der Weltenbilder nur diese eine, ewig weiter bestehende Welt."

Unbewusst sprechen auch wir noch heute von einer beseelten Natur. Wir nennen sie „Mutter Natur", vertrauen auf Redewendungen wie „Die Natur heilt alle Wunden." oder prophezeien „Die Natur schlägt zurück." und warnen „Die Natur braucht uns Menschen nicht." Zurück zu Platon.

Da sich für Platon die Vernunft in geometrischen Gesetzen zeigt, galt es für ihn, das geheime Walten der Mathematik über die Natur zu entschlüsseln. Zunächst begann Platon, seine Lehre über die Elemente zu entwickeln. Als erstes Geheimnis galt es zu lösen:

Wie viele Elemente schuf Gott?

Die Suche nach einer Antwort auf diese Frage begann Platon mit der Feststellung: Das von Gott Geschaffene müsse sichtbar und fühlbar sein. Dafür wären zwei Elemente unabdingbar, nämlich Feuer und Erde. Denn:

„Ohne Feuer kann niemals etwas sichtbar werden und fühlbar nicht ohne etwas Festes und fest nicht ohne Erde. Daher hat Gott, als er anfing, den Weltkörper zusammenzufügen, ihn aus Feuer und Erde gebildet."

„Zwei Dinge allein lassen sich aber nicht haltbar zusammenfügen.", wagte Andrikos einzuwenden.

Platon stimmte zu, es gehöre notwendig ein vermittelndes Band hinzu.

„Das schönste aller Bänder ist dasjenige, welches die engste Vereinigung des Bandes selbst mit den verbundenen Gegenständen herstellt. Dies am besten zu bewirken, vermag ihrem Wesen nach die Proportion."

An dieser Stelle lässt Platon Gott bei der Erschaffung der Elemente Mathematik betreiben – Mathematik in Gestalt von Proportionen und Harmonien. Damit alle das von ihm gelöste Rätsel der Erschaffung der Welt verstehen konnten, hatten Platon und Theaitetos den Schülern die Lehre der Pythagoreer über die Harmonien und die Proportionen in Erinnerung gebracht.

Mit dieser Vorbereitung konnten die Schüler mühelos Platons Schluss folgen:

„Hätte der Weltenkörper eine bloße Fläche werden sollen ohne Tiefe, so hätte in der Proportion ein einziges Mittelglied – ein drittes Element – genügt zur Vereinigung seiner selbst mit den beiden anderen. Der Weltenkörper sollte indes körperhaft sein und wie ihr wisst, reicht zum

Vereinigen von körperhaften Dingen ein Mittelding nie aus, sondern es gehören dazu immer zwei."

Mit dieser Arithmetik begründete Platon, warum Gott vier Elemente schuf:

„So stellte Gott Wasser und Luft in die Mitte zwischen Feuer und Erde und stellte unter ihnen die Proportion in möglichster Genauigkeit her, so dass, wie sich Feuer zu Luft, so Luft zu Wasser verhält und ebenso Luft zu Wasser wie Wasser zu Erde."

Als Proportion geschrieben:

Feuer : Luft = Luft : Wasser = Wasser : Erde

Wären Sie – liebe Leser – damals dabei gewesen und hätten nach Zahlen für diese Proportion gefragt, wie wäre wohl Platons Antwort ausgefallen? Keine Zweifel - Platon hätte geantwortet:

„So überaus genau dürft ihr mich nicht beim Wort nehmen – ich rede in Bildern."

Nunmehr wandte sich Platon der zweiten Frage zu:

„Welche Formen gab Gott den Elementen nach Gestalt und Zahl?"

Platon begann wiederum mit dem Argument von Schönheit und Vollkommenheit in Gestalt der Geometrie:

„Als unumstößlicher Grundsatz muss uns wie immer gelten: Gott hat die vorgefundenen und vorher ganz anders gearteten Elemente zu möglichster Schönheit und Vollkommenheit zusammenfügt."

Und diese Schönheit und Vollkommenheit gelang Gott, weil er Mathematik betrieb! Platon war es gelungen, die Ideen, die Gott leiteten, aus der Geometrie zu entschlüsseln. Platon konnte sicher sein, dass ihm alle bei der weiteren Offenbarung des von ihm entdeckten göttlichen Geheimnisses folgen können, denn Theaitetos und Kallippos hatten diese Geometrie der schönsten Körper vor wenigen Tagen noch einmal vorgestellt.

„Zunächst ist es nun wohl jedermann klar, dass Feuer, Erde, Wasser und Luft Körper sind. Der Weltenbaumeister wählte für jedes der vier Elemente eine andere Gestalt. Nach der Idee des Schönen konnten es nur die schönsten und vollkommensten Körper sein. Der schönste und vollkommenste aller Körper ist die Kugel. Sie hatte Gott schon für das Weltall vergeben. Daher musste der Weltenschöpfer für die vier Elemente die nächstschönsten Körper auswählen: das Tetraeder, das Hexaeder, das Oktaeder und das Ikosaeder."

„Wie verteilte Gott diese Körper auf die vier Elemente?", warf Hermodor ein.

„Welche mathematische Idee stand dafür Pate?", ergänzte Andrikos.

Das seien Fragen, über die er lange nachgedacht habe. Zu welchem Ergebnis er gelangt sei?

„Nach drei Kriterien hat Gott die vier Körper auf die vier Elemente verteilt, das sind: die Beweglichkeit der Körper, deren Größe und wie spitz ihre Ecken sind. Alle drei Kriterien bauen auf Geometrie auf."

Platon begann mit der Beweglichkeit der Körper:

„Der Erde tun wir gut, die Würfelform zuzuweisen; denn unter allen vier Elementen ist sie am unbeweglichsten und bildsamsten für Körperformen; dazu gehören aber notwendig möglichst sichere Grundlagen. Und die Quadrate des Würfels bieten eine höhere Standfestigkeit als die Dreiecke der anderen Körper. Wenn wir daher den Würfel der Erde zuweisen, bleiben wir bei der Aussage, welche die Wahrscheinlichkeit für sich hat."

Den anderen drei Elementen Wasser, Feuer und Luft habe Gott die drei verbliebenen Körper zugeordnet und zwar wiederum nach der Beweglichkeit dieser Körper.

„Demzufolge müsste die Gestalt des Ikosaeders dem Wasser gehören.“, mutmaßte Hermodor.

Platon nickte.

„Warum?“ Philipp konnte diesem Schluss nicht so schnell folgen.

„Der Zwanzigflächner ist unter den drei zur Wahl stehenden Körpern der schwerbeweglichste.“

Sogleich ordnete Philipp dem Tetraeder das Feuer zu: „Das Tetraeder besitzt die am leichtesten bewegliche Gestalt.“

Und für Luft bliebe somit das Oktaeder.

Platon forderte alle auf, die Zuordnung der drei Körper auf die drei Elemente Feuer, Luft und Wasser nochmals zu prüfen:

„Stimmt diese Verteilung der Körper auf die Elemente auch mit der Größe der vier Körper überein?“

Den Schülern kamen keine Bedenken. Dem kleinsten Körper hätten sie das Feuer, dem mittleren die Luft und dem größten das Wasser gegeben.

„Passen eure Zuordnungen auch zu den Spitzen der Körper?“

Wieder fanden die Schüler alles zutreffend: Feuer als das überall Eindringende hatte den Körper mit den spitzesten Ecken erhalten. Das Tetraeder war unter den drei Körpern der nach allen Richtungen hin beweglichste. Mit dem Oktaeder hatte Luft den zweitspitzesten Körper erhalten, und Wasser hatte mit dem Ikosaeder den Körper mit den stumpfen Ecken bekommen.

„Wie groß sollen wir uns diese Körper vorstellen?“, warf Herakleides ein.

„Diese alle müsst ihr euch so winzig denken, dass wir keinen vereinzelt mit unseren Augen wahrnehmen können, vielmehr sind nur die in starken Anhäufungen entstandenen Massen sichtbar.“

Weiteren Anfragen über die Größe der Körper für die Elemente kam Platon zuvor:

„Und was die richtigen Verhältnisse in Verteilung ihrer Menge sowie in Abmessung ihrer Bewegungen und Kräfte anlangt, so muss man annehmen, dass Gott dies alles auf das Genaueste eingerichtet und ins Gleichgewicht gesetzt hatte.“

Hier – liebe Leser – zeigt sich der große Vorteil, den Platon mit seiner göttlichen Physik weidlich nutzte: Er berief sich grundsätzlich auf den Willen Gottes und kam so leicht über die größten Schwierigkeiten hinweg – denn „Gott hat alles auf das Genaueste eingerichtet.“

Xenokrates hatte bisher geschwiegen, Platons Ideen beeindruckten ihn sichtlich. Inzwischen drängte sich ihm eine Frage auf:

„Platon, habe ich dich anfangs richtig verstanden: Können die Elemente ineinander übergehen?“

„So hat es der Weltenschöpfer gewollt und das hat er bedacht, als er jedem Element seinen Körper nach Form und Maß zuwies.“

„Wie können sich die vier Elemente ineinander umwandeln? Ich meine: Wie kann sich ein Oktaeder in einen Ikosaeder umwandeln?“, hakte Speusippos nach.

Wie sie sich das vorstellen könnten? Um diese zu verstehen, schlug Platon folgenden Plan vor:

“Wir müssen die göttliche Idee finden, dank welcher Eigenschaften diese Körper die Möglichkeit haben, auseinander zu entstehen – obwohl sie unähnlich sind. Wenn wir soweit gelangt sind, besitzen wir schon die Wahrheit über die Elemente und über den göttlichen Bauplan der Welt, denn Gott wusste, aus welchen Formen die schönsten Körper würden.“

Mit diesen Worten leitete Platon eine Erklärung ein, die sich auf Eigenschaften der schönsten Dreiecke gründete. Platon stellte voran, dass die vier Körper von geradlinigen Flächen begrenzt werden und dass jede geradlinige Fläche in Dreiecke zerlegt werden könne. Daraus folgte für ihn die mathematische Aufgabe, die schönsten Dreiecke zu finden, welche die Flächen der schönsten Körper bilden. Stolz bekannte Platon:

„Die noch ursprünglicheren Anfänge aber kennt nur Gott und wer unter den Menschen ihm besonders lieb ist.“ Und Platon hoffte, zu jenen Auserwählten zu gehören.

Zu den schönsten Dreiecken erklärte Platon zwei rechtwinklige Dreiecke, zum Ersten das gleichschenklig rechtwinklige Dreieck und zum Zweiten das ungleichseitig rechtwinklige Dreieck, bei dem die Hypotenuse doppelt so lang ist wie die kleine Seite. Beide Dreiecke hatten die Schüler als Tonfiguren bei Kallippos kennengelernt.

Seiner Sache ganz sicher fügte Platon hinzu:

„Kann nun irgendjemand sich rühmen für die Zusammensetzung jener Körper eine schönere Art von Dreiecken ausgewählt zu haben, so sei er als Sieger nicht unser Feind, sondern unser Freund.“

Eine Begründung für seine Wahl teilte Platon nicht mit, denn:

„Die Gründe dafür zu entwickeln, würde zu weit führen; aber wer dies widerlegt und nachweist, dass es nicht so ist, dem soll in voller Freundschaft die Siegespalme überreicht werden."

Vermutlich lag für Platon einer der Gründe in den Harmonien dieser Dreiecke.

In dem ungleichseitigen rechtwinkligen Dreieck, bei dem die Hypotenuse doppelt so lang ist wie die kleine Seite, wetteifern für Platon alle Harmonien miteinander: Oktaven, Quinten und Quarten. Die Längen der kleinen Seite und der Hypotenuse stehen im Verhältnis 1:2. Damit erklangen sie für Platon als Oktave, ebenso die spitzen Winkel. Sie betragen 30° und 60°. Der größere der beiden spitzen Winkel mit 60° und der rechte Winkel von 90° ließen mit ihrem Verhältnis von 2:3 eine Quinte erklingen und die Quadrate über der größeren Seite und über der Hypotenuse ertönten als Quarte, denn ihr Verhältnis beträgt 3:4. In dem gleichschenklig, rechtwinkligen Dreieck jubilieren drei Oktaven: Jede Seite erklingt mit der Hypotenuse als Oktave und die Quadrate über den Seiten und der Hypotenuse sowie die Winkel im Dreieck bilden zwei weitere Oktaven.

So wählte Gott nach Platons Worten zwei geometrische Urformen aus – modern gesprochen: zwei „Elementarteilchen". Zur ersten Urform bestimmte Gott das ungleichseitige rechtwinklige Dreieck, bei dem die Hypotenuse doppelt so lang ist wie die kleine Seite. Von diesen ergeben sechs zusammengelegt ein gleichseitiges Dreieck, eine der schönsten Flächen. Aus dieser Fläche von gleichseitigen Dreiecken bildete Gott drei der fünf schönsten Körper: das Tetraeder, das Oktaeder und das Ikosaeder.

Zur zweiten Urform erkor Gott das gleichseitig rechtwinklige Dreieck. Je vier der Dreiecke bilden als Fläche ein

Quadrat – ebenfalls eine der schönsten Flächen. Daraus bildete Gott den Würfel, den vierten der schönsten Körper.

Nunmehr wandte sich Platon an Xenokrates und Speusippos:

„Ihr wollt wissen, wie die einzelnen Elemente ineinander übergehen können? Ahnt ihr es?"

Speusippos und Xenokrates zogen die Augenbrauen hoch, beide sahen keine Möglichkeit. So half Platon:

„Das Tetraeder des Feuers besteht aus vier Flächen zu sechs Dreiecken – es enthält somit insgesamt 4 x 6 = 24 rechtwinklige Dreiecke oder 24 Urformen der ersten Art. Das Oktaeder der Luft besteht aus acht Flächen zu sechs Dreiecken. Somit enthält es 8 x 6 = 48 solcher Dreiecke. Und das Ikosaeder des Wassers besteht aus 20 derartigen Dreiecken und enthält somit 20 x 6 = 120 Urformen der ersten Art."

Damit könne jedermann erklären, wie sich die drei Elemente Wasser, Luft und Feuer ineinander umwandeln können, denn:

„Treffen zwei unterschiedliche Elemente aufeinander, können sich deren Körper aufgrund ihrer spitzen Ecken zerstören, wobei die Tetraeder, Oktaeder oder Ikosaeder in ihre geometrischen Urformen zerfallen. Die voneinander getrennten Urformen, die Dreiecke, fügen sich sogleich zu neuen Körpern zusammen. In diesem geometrischen Umordnen der Urformen verbirgt sich das Geheimnis für das gegenseitige Umwandeln der drei Elemente Feuer, Luft und Wasser ineinander."

„Und Erde? Kann sich Erde in Feuer, Luft oder Wasser umwandeln?" platzte Hermodor dazwischen.

„Gedulde dich!"

Platon wollte erst noch an weiteren Beispielen die geheime Macht der Mathematik über die Natur beweisen. Dafür wählte er das Verdampfen von Wasser. Platon rechnete vor:

„Wird das Ikosaeder des Wassers von Feuer zerstört, wird der Körper in 120 Stücke geteilt. Wenn diese 120 Urformen neu zusammentreten, entstehen ein Tetraeder Feuer mit 24 Urformen und zwei Oktaeder Luft mit zweimal 48 Urformen. Das heißt: Die 120 Urformen des Ikosaeders ordnen sich neu zu einem Tetraeder und zwei Oktaeder."

Im heutigen Stil der Chemie würden wir das ähnlich einer chemischen Formel schreiben:

1 Wasser = 1 Feuer + 2 Luft

Nunmehr forderte Platon die Schüler auf, selbst Beispiele zu finden. Philipp wagte sich als Erster vor:

„Wenn Luft aufgelöst wird, vereinen sich die 48 Urformen des Oktaeders anschließend zu zwei Tetraeder Feuer aus jeweils 24 Urformen."

Modern geschrieben: 1 Luft = 2 Feuer.

„Gilt auch das Umgekehrte? Können sich zwei Oktaeder Luft und ein Tetraeder Feuer in einen Ikosaeder Wasser umwandeln?"

Als Antwort erhielt Hermodor ein klares „Ja!". Modern geschrieben:

2 Luft + 1 Feuer = 1 Wasser

Platon blickte glücklich in die Runde und setzte fort:

„In diesem geometrischen Umordnen der Urformen verbirgt sich das Geheimnis für das gegenseitige Umwandeln der drei Elemente Feuer, Luft und Wasser ineinander."

„Aber etwas stimmt nicht in deinen Überlegungen!"

„Was meinst du, Andrikos?“ wunderte sich Platon.

„In welches Element soll sich denn Erde wandeln, wenn sie zum Beispiel mit Feuer zusammentrifft?“

„Wenn Erde mit Feuer zusammentrifft und das Feuer mit seinen spitzen Ecken die Erde in rechtwinklig gleichschenklige Dreiecke auflöst, werden diese Dreiecke so lange umhertreiben, bis sie sich irgendwo wieder zusammenfinden und sich wieder miteinander verbinden, wieder zu Erde werden, denn einen anderen Körper als einen Würfel können sie nicht bilden.“

Bleiben zwei Fragen für die Nachwelt - die erste:

Warum bildet Platon ein gleichseitiges Dreieck aus sechs kleinen Urformen der ersten Art? Denn geometrisch gesehen reichen zwei größeren Urformen der zweiten Art. Ein Übersetzer des Timaios urteilte: Platon entschied sich für mehrere und damit kleinere Dreiecke, die sich leichter durcheinander hindurchbewegen könnten.

Doch es könnte auch anders gewesen sein:

Vielleicht hatte Platon zuerst die Harmonien im Blick. Bildet Platon nämlich ein gleichseitiges Dreieck aus sechs der Urformen, jubilieren ihm sechsmal alle Harmonien von der Quarte über die Quinte bis zur Oktave entgegen. Nähme er das gleichseitige Dreieck als Urform, jubilierte nichts – die Winkel, die Seiten und auch die Quadrate der Seiten stehen jeweils im Verhältnis 1 : 1 – keine einzige Harmonie erklänge.

Bleibt die zweite Frage: Warum bezog Platon den fünften vollkommenen Körper, das Dodekaeder, nicht in seine Betrachtungen ein? Darauf ist die Antwort einfach: Die Fünfecke des Dodekaeders lassen sich nicht in eine der zwei Urformen zerlegen. Um diesen Makel zu beseitigen, ordneten später einige Anhänger von Platon dem Dodekaeder den Äther zu, andere das Weltall.

Zurück in die Gesprächsrunde.

Nunmehr riss Hermodor das Wort an sich:

„Damit die Elemente aufeinandertreffen können, müssen sie sich doch bewegen. Nur: Woher kommt die Bewegung der Elemente?“

„Und benötigen die Elemente nicht einen leeren Raum, damit sie sich bewegen können?“, ergänzte Philipp.

Die Bewegung der Elemente habe ihren Ursprung im Umschwung der Himmelskörper. Dabei spiele sich ein beständiger Kampf ab zwischen der Kreisbewegung des Alls und dem Streben der Elemente, an ihren natürlichen Ort zu gelangen. Diesen natürlichen Ort besaßen die Elemente, noch bevor Gott aus ihnen das Weltall baute.

„Der Umschwung des Weltalls drängt durch seine Kreisförmigkeit und durch sein Bestreben nach Rückkehr in seinen alten Zustand alle Elemente in sich zusammen und lässt keinen leeren Raum aufkommen. Daher erklärt sich die überwiegende Kraft des Feuers, in alles einzudringen. Denn was aus den größten Teilen entstanden ist, hat auch bei der Zusammensetzung für die Leere den weitesten Raum gelassen, während die kleinsten Teile nur die geringste Leere zulassen.“

„Hast du dich nicht widersprochen?“

Philipp konnte sich einfach nicht bremsen und bohrte nach:

„Platon! Erst sagst du: ‚Es gebe keinen leeren Raum’ und gleich darauf sprichst du das Gegenteil: ‚Die großen Teile ließen bei der Zusammensetzung für die Leere den größten Raum und die kleinen Feuerteilchen drängten in die leeren Zwischenräume’.“

Platon stutzte, deshalb spitzte Philipp seine Frage zu:

„Gibt es nun für dich eine Leere oder nicht?“

„Damit steht es so: Es gibt nichts Leeres.“, versicherte Platon.

Plötzlich befand sich Platon in einer misslichen Lage und wechselte in eine Sprache mit vielen Bildern. Schließlich erlöste Theaitetos Platon aus der Diskussion um die Leere.

„Platon, welche Erklärung gibst du für Schwer und Leicht?“

Platon dankte Theaitetos für die Frage mit einem liebenswürdigen Blick.

„Der Körper, der die wenigsten Grundflächen hat, muss der leichteste sein, da er aus der geringsten Zahl gleichartiger Teile besteht. Wie die Schwere zustande kommt? Die Elemente streben nach ihrem natürlichen Ort hin und wie heftig dieses Streben des Elements nach seinem natürlichen Ort ist, bestimmt die Schwere des Elements.“

„Wie verbinden sich die Atome zu sichtbaren Körpern?“, wollte Hermodor wissen. „Rein mechanisch? Wie bei Demokrit? Oder anders?“

„Allein der Weltenschöpfer verbindet die Atome zu sichtbaren Körpern, und zwar nach seinen Vorstellungen aus der ‚Welt der Ideen'. Für mich bestimmen keine unentrinnbaren Gesetze blinder Notwendigkeiten den Lauf der Begebenheiten. Für mich bestimmt ein absichtsvolles Wirken Gottes die Natur. Ein rein mechanisches Verbinden von Atomen widerspricht der Idee einer Schöpfung, sie ist ebenso wenig mit der Vorsehung oder dem Schicksal vereinbar.“

Hiernach lenkte Kallippos das Gespräch auf den Kosmos.

„Platon“, drängte Kallippos, „du hältst noch immer wichtige Gedanken geheim. Deshalb meine Frage: Worin besteht die göttliche Ordnung des Kosmos?“

Platon griff die Frage begeistert auf. Sein Besuch bei Archytas in Tarent lag zwar schon Jahrzehnte zurück, doch in all den Jahren hatte Platons Vertrauen in die Ideen der Pythagoreer unvermindert angehalten. Platon fasste seine Sicht auf den Bau der Welt in gedrängter Form zusammen:

„Es existiert nur eine Welt. Die Erde steht im Mittelpunkt der Weltkugel und die Fixsternsphäre schließt die Weltkugel ab. Die Planeten sind an Sphären geheftet und bewegen sich mit diesen um die Erde. Die Welt besteht aus den vier Elementen Erde, Wasser, Luft und Feuer. Diese stehen in einem beständigen, harmonischen Zahlenverhältnis.“

„Wie lautet dieses Zahlenverhältnis?“

„Das habe ich noch nicht ermitteln können, doch Gott hat es wohlbestimmt festgelegt.“

„Wie bewegen sich die Planeten am Himmel?“

„Die Pythagoreer hielten es für undenkbar, dass sich die Planeten frei im Himmel bewegen. Sie meinten: Die Planeten und die Fixsterne wären an durchsichtigen Hohlkugeln befestigt. Die Hohlkugeln nannten sie Sphären. Diese Sphären würden sich um ihre Achsen drehen und die Gestirne mitnehmen, die an ihnen angeheftet seien.“

„Wenn dem so wäre, müssten sich die Planeten gleichmäßig am Himmel bewegen.“, gab Kallippos zu bedenken und fügte hinzu: „Das tun sie jedoch nicht!“

„Bislang weiß hierauf noch niemand die volle Antwort. Einige von euch haben in unserer Akademie noch Eudoxos kennengelernt. Er rang bis zu seinem Tode darum, das Problem zu lösen."

„Zu welcher Lösung kam Eudoxos?"

Platon verteidigte zunächst die Pythagoreer:

„Die Pythagoreer kannten seit langem diese Regelwidrigkeiten. Sie vermuteten: Der Lauf einiger Planeten am Himmel gleicht mehr einer Schleifenbahn als einer Kreisbahn. Das ließ nur eine Deutung zu: Die Planeten müssen zu der einen Zeit schneller laufen, zu einer anderen langsamer und zu wieder anderen Zeiten müssen sie sogar kurzzeitig stillstehen und danach rückwärts laufen, bis sie wieder stillstehen und wieder vorwärts laufen."

Hermodor protestierte:

„Ich kann mir vorstellen, dass ein Mensch, auch ein gebildeter Mensch, bei seinem Lauf über die Agora zum Rathaus mal langsamer läuft, um im Vorbeigehen einem Wunderheiler zuzuhören, mal vor einem Schuhmacher stehen bleibt, um sich über dessen Angebot zu informieren, und vielleicht auch zu einem Händler zurückgeht, weil er vergaß, einen Ziegenkopf zu kaufen. Allein die Planeten im Himmel – für sie könnte ich keine Gründe finden, weshalb sie einmal schneller oder langsamer laufen und zudem ihre Richtung umkehren."

Viele stimmten Hermodor zu. Der ließ nicht locker:

„Noch einmal: Welche Lösung fand Eudoxos für diesen ungewöhnlichen Lauf der Planeten?"

„Für die Pythagoreer, für mich und für Eudoxos ist ein solches Durcheinander unvereinbar mit der göttlichen Ordnung im Kosmos. Wir alle glauben zweifelsfrei an zwei Regeln, die Gott für die Bewegung der Planeten festlegte:

Erstens: Die Planeten bewegen sich auf Kreisen.

Und zweitens: Die Planeten bewegen sich auf diesen Kreisen mit gleichbleibender Geschwindigkeit."

Platon blickte in die Runde und vergewisserte sich: Keiner bezweifelte diese Grundsätze. Deshalb fuhr Platon fort:

„Damit entstand für Eudoxos die Frage: Wie lassen sich bei Annahme dieser zwei Regeln die Bewegungen der Planeten am Himmel erklären?"

Platon räumte ein:

„Eudoxos hat darauf keine befriedigende Antwort gefunden. Der Tod riss ihn zu früh aus seinem Ringen mit diesem Problem. Indessen halten alle, die etwas davon verstehen, seine Methode für erfolgversprechend. Vielleicht löst Kallippos eines Tages dieses Rätsel."

Mit diesen Worten lenkte Platon die Blicke aller auf Kallippos. Doch Philipp drängte schon weiter:

„Bildet der Fixsternhimmel die Grenze des Kosmos?"

In das Schweigen hinein ergänzte Philipp:

„Wenn die Fixsterne den Rand des Kosmos bilden: Was befindet sich dahinter?"

Kallippos wusste zu berichten:

„Einige behaupten, dahinter sei endlos leerer Raum, andere beteuern, dahinter gäbe es noch unzählige Welten, so wie es jenseits unserer Stadtmauern andere Städte gibt." Danach wandte sich Kallippos an Platon:

„Wie vertragen sich diese Meinungen mit deinem göttlichen Bauplan der Welt?"

„Hinter dem Fixsternhimmel existiert nichts, gar nichts, nicht einmal ein leeren Raum."

Platon ergänzte:

„Und die Welt ist ewig, sie kann durch keine Kraft aufgelöst werden als durch die des Urhebers selbst."

„Platon, in deinen Worten zur Ewigkeit des Kosmos sehe ich einen Widerspruch.“, wagte sich Hermodor vor. „Bisher hast du immer gesagt: ‚Alles Entstehende vergeht auch.’ Dann müsste doch auch der Kosmos vergehen, denn er ist entstanden, zwar nach Gottes Ideen, aber dennoch entstanden.“

„Die Unvergänglichkeit des Kosmos ist eine Ausnahme dieses allgemeinen Gesetzes.“, räumte Platon ein. „Die Ausnahme gilt, weil der Wille Gottes stärker ist als die Naturgesetze.“

Damit beendete Platon die Diskussion über den göttlichen Bauplan der Welt. In Platons Gesicht konnten alle Schüler die Freude und den Stolz darüber erkennen, dass er die Gestalten der vier Elemente nach Form und Maß entdeckt habe. Platon schloss:

„Falls nun aber jemand zur Zusammensetzung dieser Körper etwas Besseres auswählen und nennen kann, so sehen wir in ihm, wenn er sich uns überlegen zeigt, nicht unseren Feind, sondern einen Freund.“

Ob er wirklich mit etwas Besserem rechnete?

Platon erhoffte von den Schülern Anerkennung und Zustimmung dafür, dass er den göttlichen Bauplan der Welt entschlüsselt habe. Und alle Schüler spendeten dem Lehrer auch viel Bewunderung. Allein von einem erhielt Platon keine Lobrede – von Aristoteles.

Platon fragte sich: Warum hat Aristoteles die ganze Zeit geschwiegen? Kann er meinen Ideen nicht zustimmen? Hat Aristoteles darin einen Fehler entdeckt? Das kann doch nicht sein!

Aristoteles stand vor einer Gewissensentscheidung: Sollte er schweigen oder sich und seine Meinung über den Bau der Welt verleugnen oder sollte er Platons göttliches Geheimnis zurückweisen? Könnte er Platon in dieser Stunde des Triumphes verletzen? Den Lehrer, dem er so viel verdankte?

Aristoteles war hin und her gerissen, doch es gab kein Entrinnen. Er hätte die Runde rechtzeitig verlassen können – weshalb war er bloß geblieben? Aristoteles wusste es selbst nicht. Als nur noch wenige Schüler um Platon standen, blickte der Greis zu Aristoteles. Ohne eine Frage zu stellen, verriet Platons Blick nur das Eine: Ich warte auf ein Wort von dir, Aristoteles – von dir, meinem Lieblingsschüler, auf den ich all die Jahre so stolz gewesen bin.

Aristoteles durfte Platons Bitte nicht ausweichen – nur welche Worte sollte er wählen? Aristoteles entschied sich für eine ehrliche Antwort. Es wäre ihm unerträglich gewesen, seinen Lehrer in dieser Stunde für dessen göttliches Geheimnis zu loben und erst das Ableben des 80-Jährigen abzuwarten, um Platons Ideen zurückzuweisen. Aristoteles entschloss sich für ein aufrichtiges Wort von Angesicht zu Angesicht:

„Lieber Platon, ich schätze dich wirklich sehr: Von dir habe ich die besten Anregungen für mein wissenschaftliches Denken erhalten. Dafür werde ich dir immer dankbar sein. Dennoch – erlaube ein ehrliches Wort: Deine Lehre von den göttlichen Elementen ist von Grund auf falsch."

In der kleinen Runde war es urplötzlich still, alle verstummten, standen wie angewurzelt. Wäre schon die Stecknadel erfunden gewesen, die Umstehenden hätten sie in den berühmte Heuhaufen fallen gehört.

„Geometrisch“, setzte Aristoteles fort, „geometrisch mag alles schlüssig sein – nur: Deine Lehre gleicht mehr einem Lehrbuch über ‚Göttliche Geometrie‘ als einem ernsthaften Versuch, die Natur zu erklären.“

Nach diesem harten Urteil entschloss sich Aristoteles, zunächst herauszustellen, was beide Philosophen einte:

„In Vielem, lieber Platon, stimmen wir überein, zum Beispiel: Die Welt besteht aus den vier Elementen Erde, Wasser, Luft und Feuer und diese Elemente haben einen Ort, dem sie zustreben. Die Erde steht im Mittelpunkt der Welt, die Planeten sind an Sphären geheftet und bewegen sich mit diesen um die Erde. Wir sind auch darin einer Meinung, dass die Welt ewig bestehen bleibt, dass der Kosmos endlich ist und dass hinter der Fixsternsphäre nichts mehr kommt. Und in noch einem denken wir gleich: Für die bestehende Welt bedarf es eines Weltenlenkers.“

Nachdem Aristoteles diese Gemeinsamkeiten herausgestellt hatte, begann er, seine Einwände gegen Platons göttliches Geheimnis zu begründen:

„Für dich trieb Gott am Anfang Geometrie, doch deine Körperformen für die Elemente führen zu Unstimmigkeiten mit der Mathematik – das ist mein erster Einwand. Die Elemente in der Natur sind etwas Körperhaftes, Stoffliches – sie sind keine geometrischen Flächen, die bloß einen Raum umschließen.“

Sogleich fügte Aristoteles ein zweites Argument gegen die Körperformen der Elemente an:

„Ebenso widerspruchsvoll ist bei dir alles zur Schwere.“

Diesen Einwand begründete Aristoteles mit der Unmöglichkeit, dass zwei Dinge ein Gewicht haben, wenn keines von beiden für sich ein solches besitzt. Da ein geometrischer Punkt kein Gewicht besitzt, können auch Linien oder Flächen kein Gewicht haben und folglich ebenso nicht die aus Flächen gebildeten Körperformen der Elemente.

„Wie auch du zugeben wirst, haben jedoch die wahrnehmbaren Körper wie etwa Erde oder Wasser ein Gewicht."

Ohne Platon Zeit für eine Antwort einzuräumen oder einem der Umstehenden die Möglichkeit für eine Verteidigung Platons zu gewähren, setzte Aristoteles fort:

„Mein nächster Einwand: Die Körperformen deiner Elemente verstoßen gegen die Scheu der Natur vor der Leere. Die Dinge in der Natur bestehen aus allen vier Elementen und die von dir vorgestellten Körperformen für diese Elemente füllen das Ganze nie vollständig aus, lassen zwischen sich leere Räume. Nur zwei Körperformen, die vom Tetraeder und die vom Würfel füllen den Raum vollständig aus."

Noch ein Argument gegen solche Körperformen brachte Aristoteles vor:

„Alle einfachen Körper erweisen sich als geformt durch den umgebenden Raum, vor allem gilt dies für Wasser und Luft. Es ist also unmöglich, dass die Form des Elements beharren kann. Denn sonst würde das Ganze nicht allseitig das Umgreifende berühren. Und wenn es dann eine andere Gestalt erhielte, so wäre es ja nicht mehr Wasser, da für dich der Unterschied gerade in der Form besteht."

Alsbald folgte ein weiteres Argument:

„Es kann unmöglich für jeden deiner Körper ein Werden aus Flächen geben, sofern es nicht auch ein für sich bestehendes Leeres geben kann. Denn an dem Ort, an dem das entstand, was dann entstand, muss vorher das Leere gewesen sein, ehe irgendein Körper da war. Dass ein Körper aus dem anderen entsteht, wie etwa Feuer aus Luft, ist durchaus möglich, dass er aber entsteht, ohne dass vorher irgendeine andere Größe da war, ist unmöglich."

Daraus zog Aristoteles den Schluss:

„Also ist es klar, dass die Formen der Elemente nicht bestimmt sind, sondern dass die Elemente gestaltlos und formlos sein müssen."

Alle schwiegen, standen wie beklommen. In den Gesichtern einiger Schüler zeigte sich blankes Entsetzen. Keiner war imstande, ein Wort für Platon einzuwenden. Und schon setzte Aristoteles von Neuem an:

„Bei dir können sich nur drei Elemente ineinander umwandeln. Es wäre einfach unwahrscheinlich, wenn ein Element allein an der Umwandlung keinen Anteil hätte. Es zeigt sich doch gerade an der Wahrnehmung, dass alles sich gleichmäßig in alles verwandelt. Deine Elemente widersprechen den Beobachtungen zum Werden und Umwandeln in der Natur."

Weiter fragte Aristoteles:

„Wie sollten Fleisch, Knochen oder irgendein anderer kontinuierlicher Körper entstehen können? Aus den Körpern der Elemente ist dies nicht möglich, weil sie sich an ihren Flächen nicht so aneinander schmiegen können, dass aus der Zusammensetzung der Elemente etwas Kontinuierliches ohne Leere entstehen kann."

Damit schloss Aristoteles seine Einwände immer noch nicht ab. Diesmal zielte der Einspruch auf Platons Idee der Umwandlung der Elemente infolge einer Auflösung der Körperformen in Flächen:

„Wenn die Elemente aus Flächen entstehen, dann werden auch die Dinge in der Natur aus Flächen entstehen und eben nicht aus Elementen entstanden sein."

Daraus urteilte Aristoteles über die Theorie von Platon:

„Deine Theorie nimmt das Werden aus der Natur weg."

Alle standen wie gelähmt. Hatten sie richtig gehört? Konnten sie ihren Ohren trauen? Alles kam ihnen so unheimlich, so bedrückend vor. Sie wünschten, endlich aufzuwachen und festzustellen: Sie wären nur in einem bösen Traum gefangen, in einem Traum, der nichts, aber auch wirklich nichts mit der Wirklichkeit zu tun hätte. Indes: Ihr Wunsch erfüllte sich nicht – im Gegenteil: Aristoteles fasste alle seine Einwände zusammen:

„Du behauptest also Dinge, die mit dem Phänomen nicht übereinstimmen. Die Ursache ist, dass du die ersten Ursprünge nicht richtig ansetzt, sondern alles auf feststehende Ideen zurückführen willst. Der Zweck bei der Naturwissenschaft jedoch ist dasjenige, was als Phänomen stets und vor allem sichtbar ist."

Diese Worte machten deutlich, in welch unterschiedlichen Welten Platon und Aristoteles dachten. Wortlos sahen sie sich in die Augen. Auch die Schüler schwiegen noch immer. Peinlich berührt standen sie um Platon und Aristoteles, blickten auf beide Philosophen: Platon in Würde alt geworden, das Haar kurz und sorgfältig geschnitten, mit vom Alter ergrautem Vollbart, die Augen von Krähenfüßen umrahmt – Aristoteles in besten Mannesjahren mit vollem, fast jugendlichem Haar, das halb die Ohren bedeckte und in gelockten Strähnen über die Stirn führte.

„So tun als ob nichts geschehen wäre?", schoss es Platon durch den Kopf. Geht doch nicht! Oder? Sollte er seinem Schüler, auf den er über all die gemeinsamen Jahre in der Akademie stolz gewesen war, auch dieses nachsehen?

Sensibel war Platon, auch dogmatisch, obendrein eitel – indes seine wichtigste Charaktereigenschaft blieb Toleranz. Auf den ersten Blick sah Aristoteles wie der Sieger aus – in Wirklichkeit jedoch war Aristoteles über sich selbst erschrocken: Hatte er diesmal die Grenze des Erlaubten überschritten? Hatte es ihm, dem Jüngeren, an Ehrerbietung für das Alter gefehlt? Die Auseinandersetzung glich scheinbar einem Duell „Jung gegen Alt", in Wirklichkeit prallten zwei Weltanschauungen aufeinander, die zum Kräftemessen angetreten waren und fortan die Philosophen trennen sollten. Später wurden die zwei Philosophien „Idealismus" und „Materialismus" genannt.

Diese Auseinandersetzung zwischen Platon und Aristoteles gehörte zu jenen Wortwechseln, von denen Platon einst sagte: Aristoteles habe gegen ihn ausgeschlagen „wie es Füllen gegen die eigene Mutter tun". Es spricht für die freisinnige geistige Haltung von Platon, dass ein Andersdenkender wie Aristoteles über all die Jahrzehnte bis zu Platons Ableben in der Akademie lernen, lehren und forschen konnte.

Für die Umstehenden blieb die Frage: Wer hatte recht? Platon oder Aristoteles? – Oder irrten beide?

In diesem Augenblick wäre Platon ein Blick in die Zukunft zu wünschen gewesen. Er hätte stolz sein können, zu welchen Höhenflügen Jahrhunderte und Jahrtausende später die göttlichen Harmonien, die Kugel und die fünf vollkommen Körper ansetzen werden:

Im berühmten Chorgestühl des Ulmer Münsters hätte Platon eine Skulptur entdeckt, welche Pythagoras beim

Spiel auf der Leier darstellt. Er hätte lesen können, wie sich Kopernikus in dem weltbekannten Buch „Von den Umdrehungen der Himmelskörper“ mit Stolz auf Pythagoras als seinen Lehrer beruft.

Platon hätte bewundern können, wie sich große Baumeister – allen voran Andrea Palladio – von den Harmonien der Musik auch in den Proportionen der Architektur leiten ließen. Ein Raum mit den Maßen 12 Meter x 6 Meter bildet im Grundriss die Proportion einer Oktave. Das harmonische Mittel teilt die Längsseite bei 8 Meter in zwei Flächen. In der größeren Fläche bilden Breite und Länge die Proportion einer Quarte, in der kleineren ergibt sich die Proportion einer Quinte. Wird als Höhe die halbe Breite gewählt, finden sich in der Stirnwand die Oktave und in der Längswand die Doppeloktave wieder. Und wie die Summe aus den zwei Teilflächen die Grundfläche ergibt, gilt für die zugehörigen Harmonien:

Die Summe aus der Quarte und der Quinte ergibt die Oktave.

Welche Freude hätte es für Platon ausgelöst, an der Fassade des Mailänder Doms das geometrische Netz von ineinanderliegenden Kreisen und gleichschenkligen Dreiecken zu erkennen! Kreise und Dreiecke, deren Maße den harmonischen Verhältnissen folgen.

Nur eines hätte das alles noch in Schatten gestellt: Ein Blick in Keplers Studierstube in Linz! Platon hätte mitverfolgen und in vollen Zügen genießen können, wie Kepler die „Harmonien der Welt“ entdeckte, die Gott im Kosmos versteckt hatte.

Der Astronom und Mathematiker Kepler war wie Platon von der Gewissheit beseelt: Beim Erschaffen des Kosmos habe Gott Geometrie und Arithmetik betrieben –

Geometrie mit den fünf vollkommenen Körpern, dem Tetraeder, dem Hexaeder, dem Oktaeder, dem Dodekaeder und dem Ikosaeder sowie mit sechs darin eingebetteten Kugeln und Arithmetik mit den harmonischen Proportionen. In jahrelangen, mühseligen Rechnungen prüfte Kepler, worin und in welcher Weise der Schöpfer die harmonischen Proportionen des Kosmos ausgedrückt habe.

Kepler untersuchte dazu die Verhältnisse für die Abstände der Planeten von der Sonne, für die Umlaufzeiten der Planeten und für viele weitere Zahlen aus dem Umlauf der Planeten um die Sonne. Kepler verstand die Harmonien des Himmels nicht nur bildlich, er versuchte vielmehr, die Zahlenverhältnisse im Sonnensystem mit den Harmonien der Töne zu vereinen.

So sollten die Quotienten aus den in Sonnennähe und in Sonnenferne gemessenen Winkelgeschwindigkeiten der Planeten Harmonien ergeben. Für die Erde ermittelte Kepler einen großen Halbton, für den Mars eine Quinte und für Saturn eine Terz.

Wohlverdient wäre Keplers Triumph auch Platons Sieg gewesen. Denn erst mit Platons Idee von „Maß + Harmonie + Symmetrie = Schönheit = Wahrheit" entdeckte Kepler das für die Astronomie bedeutsame und später nach ihm benannte „Dritte Keplersche Gesetz". Mit diesem gelang es den Astronomen erstmals, das Planetensystem zu vermessen, die Abstände der Planeten von der Sonne und die Abstände der Planeten voneinander zu berechnen.

Kepler, Palladio und viele andere Forscher und Architekten riefen Platon mit ihren Werken zu:

„Platon – sei gegrüßt!"

Die Dämmerung brach herein und das Konzert der Zikaden schwoll zu voller Lautstärke. Aristoteles saß noch immer tief versunken über Buchrollen und Abschriften alter Philosophen. Von Zeit zu Zeit blickte er auf, nahm Notizen zur Hand, fügte Ergänzungen ein, unterstrich hier und da einige Worte, setzte dann und wann ein Fragezeichen. Wieder und wieder kreisten seine Gedanken um den von ihm angekündigten endgültigen Beweis für die Unmöglichkeit einer Leere. Anaxagoras hatte die Scheu der Natur vor einer Leere zwar mit der Klepsydra bereits experimentell bewiesen. Doch reichte das? Genügte ein Beweis aus der Erfahrung?

Aristoteles schätzte das theoretische Denken höher als die Erfahrung und die sinnliche Wahrnehmung. Für Aristoteles stand unumstößlich fest: Eine Antwort auf ein „Warum?“ eines Sachverhaltes, nach der Ursache der Dinge sei höher einzuschätzen als eine Antwort auf ein „Was?“. Deshalb rang Aristoteles darum, eine Antwort zu finden auf die Frage „Warum kann es keine Leere geben?“

Diesen Beweis zu finden, das wäre die Krönung im Kampf gegen die Verfechter der Existenz einer Leere. Damit entschiede er die verdrießliche Streifrage ein für alle Mal. Mit einer Antwort auf diese Frage würde er die von Anaxagoras bereits empirisch bewiesene Scheu der Natur vor einer Leere zusätzlich theoretisch erhärten.

Seit den frühen Morgenstunden prüfte Aristoteles Überlegungen zu Beweisen für die Unmöglichkeit einer Leere; nur während der heißen Mittagszeit hatte er sich eine Pause gegönnt. Dennoch: Bis zum frühen Abend war er kein

Stück vorangekommen. Keine Überlegung hielt den strengen Regeln der von ihm entwickelten Logik stand.

Von unbändigem Ehrgeiz getrieben, begann Aristoteles in den Abendstunden erneut, alle Argumente in dem Für und Wider einer Leere zu prüfen – bis ihn plötzlich heftiges Klopfen und Rufen aus seinem Nachdenken rissen.

„Aristoteles! Platon liegt im Sterben!"

Außer Atem und mit zitternder Stimme überbrachte Xenokrates die Nachricht. Gemeinsam eilten beide zu Platon. Als sie das Haus erreichten, hatte Platon bereits seine letzte Ruhe gefunden.

Seit Längerem hatten sich die Schüler über das Nachlassen der körperlichen Kräfte des fast 80-Jährigen gesorgt. Doch jetzt, da sich Platons Leben vollendet hatte, waren alle aufs Heftigste bestürzt. In dem nur spärlich von einer Öllampe erleuchteten Raum erkannte Aristoteles allein Speusippos als nahen Verwandten. Keine Frau trauerte um ihren Mann, keine Kinder um ihren Vater. Zeitlebens hatte Platon nie die Nähe einer Frau gesucht.

Zusammen mit anderen Mitgliedern der Akademie verharrte Aristoteles für längere Zeit regungslos im Raum, trauerte um den großen Philosophen, gedachte der Verdienste des Toten um die Akademie und deren Schüler. Allein Aristoteles war viel zu aufgewühlt, um in Ruhe des Toten gedenken zu können. Ebenso stand es um die anderen Schüler im Raum.

In den Köpfen der Schüler jagten viele Gedanken durcheinander. Einige dachten an die Zeit zurück, als sie in Platons Akademie eingetreten waren, erinnerten sich an ihre Wünsche und Erwartungen, mit denen sie gekommen waren. Hatten sich ihre Hoffnungen erfüllt? Anderen Schülern schossen Erinnerungen an fruchtbare Streitgespräche und fröhliche Symposien durch den Kopf. Bang ergriff einen jeden die Frage: Was wird die Zukunft bringen? Wer könnte in der Akademie Platon als neues Oberhaupt folgen? Aristoteles? Speusippos? Xenokrates?

Auf seinem Nachtlager fand Aristoteles keinen Schlaf. Unerbittlich hinderten ihn Erinnerungen an Platon am Einschlafen – Gedanken an Gemeinsames, aber auch Erinnerungen an beide Trennendes. Dazwischen marterten ihn Fragen nach dem Sinn und den Gefahren eines weiteren Verbleibens in Athen. In diese Sorge drängten sich Erinnerungen an sein Elternhaus, denn in den letzten Jahren war in Athen eine starke antimakedonische Stimmung entflammt. Ein ums andere Mal fragte sich Aristoteles: Warum trifft dieser Hass auch mich?

Ein Gerücht breitet sich aus

Nach dem Tod des makedonischen Königs Amyntas III. war dessen Enkel zum Regieren noch zu jung gewesen und sein Onkel Philipp II. hatte den Enkel vom Thron verdrängt. Philipp II. glückte es, das zersplitterte und schwache Makedonien zu einen. Zudem verstand es Philipp II., in einer Heeresreform eine starke Kavallerie aufzubauen. Mit dieser schlagkräftigen Reiterei für den Angriff und mit schweren Fußtruppen für die Verteidigung begann Philipp II. zielgerichtet seinen Herrschaftsbereich im Norden der Ägäis auszuweiten.

Im Jahre 348 v.Chr. – ein Jahr vor Platons Tod – hatte Philipp II. die Halbinsel Chalkidike erobert, dort die mit Athen verbündete Stadt Olynthos zerstört und deren Einwohner in die Sklaverei verkauft. Auch die griechische Hafenstadt Stageira wurde eingenommen und zerstört. Diesen Feldzug empfanden viele Athener als schwere Bedrohung für die Unabhängigkeit ihrer Stadt. Aristoteles bekam die antimakedonische Stimmung zu spüren, schließlich hatten seine Eltern im engen Kontakt zum makedonischen Königshaus gestanden.

Aristoteles war 384 v.Chr. in der griechischen Kleinstadt Stageira an der Ostküste der Halbinsel Chalkidike geboren. Damit war er im Verständnis der Athener ein „Zugereister". Der Ort seiner Geburt ließ später ein Gerücht aufkommen, das sich für Aristoteles als äußerst übel erweisen sollte.

Nach den meisten Erzählungen war sein Vater Nikomachos Leibarzt und Freund des makedonischen Königs Amyntas III. gewesen. Seine Mutter Phaestis stammte aus einer Arztfamilie von Chalkis auf Euböa. Doch wenn sein Vater der Leibarzt des Königs war, blieb die Frage: Warum wurde Aristoteles nicht in der Residenzstadt Pella geboren, sondern weitab an der Küste der Ägäis?

Gerüchte besagten, der Vater wäre weniger Leibarzt des Königs gewesen als vielmehr ein mit dem Herrscher verbündeter Freund. Und als solcher habe er sich in Stageira nicht als Arzt, sondern als Spion aufgehalten. Der Auftrag? Makedonien suchte einen Zugang zum Meer und der Vater sollte die Lage auskundschaften. So trug Aristoteles in Athen den Makel, Sohn eines makedonischen Spions zu sein.

Das Schicksal ersann noch eine verhängnisvolle Zugabe: Zwei Jahre vor Platons Tod traf General Antipatros als Gesandter des Königs Philipp II. in Athen ein. Er war einer der fähigsten Offiziere der makedonischen Armee und langjähriger engster Vertrauter des Königs. Er allein vertrat

König Philipp II. in allen diplomatischen Belangen. Da sich Aristoteles von Zeit zu Zeit mit dem gebildeten und philosophisch interessierten Antipatros traf, galt Aristoteles in den Augen vieler Athener ebenso als verhasster makedonischer Agent wie sein Vater. Diese ungerechtfertigte Anschuldigung wühlte Aristoteles auf, raubte ihm den ersehnten Schlaf.

In seinem Kopf sprangen die Gedanken rastlos hin und her. Rankten sie sich einmal um die für ihn unsichere politische Lage in Athen, wechselten sie unvermittelt zu der Frage nach seiner Zukunft in der Akademie. Eines war klar: Nach dem attischen Erbrecht konnte allein Speusippos als Neffe von Platon das Grundstück der Akademie erben. Aristoteles schied von vornherein aus. Zudem konnte er als Zugereister in Athen keinen Grund und Boden erwerben. Doch wer wird die Akademie leiten? Wer wird ihr neue geistige Impulse verleihen? Zugegeben: Speusippos war in Athen kein Unbekannter. In einer in der Stadt aufgeführten Satire ließ der Dichter Epikrates fragen: „Was treiben jetzt Platon, Speusippos und Menedemos?"

Der ehrgeizige und selbstbewusste Aristoteles fragte sich: Wollte er Mitglied in der Akademie bleiben, die bald unter der Leitung eines ihm nicht Ebenbürtigen stehen könnte? Gebe es denn keine andere Möglichkeit, in Athen weiterhin wissenschaftlich tätig zu sein? Sollte er eine eigene Philosophenschule gründen? Nur wo könnte er mit seinen Schülern forschen? Als „Nicht-Athener" blieb ihm nur ein öffentliches Gebäude. Nein danke! Alles – nur das nicht!

Die Gedanken von Aristoteles schwankten zwischen dem Wunsch, Athen aus Gründen der veränderten politischen Lage zu verlassen, und der Hoffnung, von den Mitgliedern der Akademie die Nachfolge von Platon angetragen zu bekommen. Über das Abwägen des Für und Wider zwischen den Alternativen „aus Athen wegzugehen“ oder „in Athen zu bleiben“ fiel Aristoteles in einen langen Schlaf.

Als Aristoteles aufwachte, war es bereits taghell und das Grübeln begann von Neuem. Vor 20 Jahren war Aristoteles nach Athen gekommen. Damals hatte er gehofft, Athen könnte ihm zur Heimat werden. Doch allmählich gewann in ihm der Entschluss die Oberhand, Athen zu verlassen und sich – wie seinerzeit Platon – auf eine Bildungsreise zu begeben. Und der Beweis für die Unmöglichkeit einer Leere? Was würde aus dem Beweis werden? Der müsste warten. Wie lange? Monate? Jahre? Ein Jahrzehnt?

Beim Fortgehen aus Athen konnte Aristoteles nicht ahnen, dass seine Reise ebenfalls zwölf Jahre dauern würde – wie einst die Weltreise von Platon. Jedoch in den Zielen und in den Himmelsrichtungen unterschieden sich die Reisen beider. Wollte Platon vor allem Anregungen für eine gerechte Staatsform finden und reiste dafür in den Süden der griechisch sprechenden Welt, stand für Aristoteles die Rettung seines Lebens im Vordergrund. Deshalb führte ihn seine Reise nach Osten. Als Makedonier wollte er sich in jenen kriegerischen Zeiten in Staaten retten, die mit Makedonien ein freundliches Verhältnis pflegten.

Als erstes Ziel wählte Aristoteles das Städtchen Atarneus in Kleinasien. Es lag gegenüber der Insel Lesbos. Was hatte Aristoteles in diesen Ort gelockt?

In diesem Landstrich regierte Hermeias von Atarneus, einst selbst ein Schüler von Platon. Nach Antritt seiner Herrschaft pflegte Hermeias gute Kontakte mit dem makedonischen König Philipp II. Drei Jahre, von 347 bis 345 v.Chr., lebte Aristoteles als Gast und Freund am Hof des Königs.

Als „Ausländer“ hatte sich Aristoteles in Athen keinen politischen Leidenschaften hingegeben. Er hatte nur als Beobachter registriert, welche Staatsordnungen in der Geschichte vorkommen, wie sie entstehen und vergehen. Zuweilen hatte er eine vorsichtig formulierte Zuneigung für die Demokratie erkennen lassen. Dabei drängten sich ihm zwei Fragen auf:

Wie kann es in einer Demokratie gelingen, dass dieselben Bürger abwechselnd regieren und sich regieren lassen?

Noch drängender die Frage:

Wie verträgt sich eine Demokratie mit der Tatsache, dass die mit Einsicht und Tugend ausgestatteten Menschen stets eine Minderheit bilden?

Bei Hermeias konnte Aristoteles Einblicke in praktische Fragen der Leitung und Lenkung eines Staates erhalten. Schließlich hatte es der Herrscher verstanden, seinen Kleinstaat zwischen den Großmächten Persien und Makedonien zu behaupten – zumindest bislang.

Aus unbekannten Gründen zog es Aristoteles nach diesen drei Jahren auf die Insel Lesbos. Manche sagen, die Insel wäre das Sylt der Antike gewesen. Dort lernte er Theophrast aus Eros kennen. Der 27-Jährige erkundete und beobachtete alles, was auf seiner Heimatinsel an Pflanzen und Bäumen wuchs. Theophrast erforschte das Wachstum von Gerste und Weizen, registrierte Bedingungen für gute Ernten, erkundete Pflanzen als Heilmittel für die Medizin. Besonders begeisterte er sich für Bäume, studierte deren Vermehrung und Wachstum, befragte Handwerker nach der Verwendung verschiedener Hölzer im Bau von Schiffen und Häusern. In den Jahren auf Lesbos begann eine lebenslange Freundschaft zwischen Aristoteles und Theophrast.

In jener Zeit hörte Aristoteles vom Tod seines Freundes Hermeias in Atarneus. Zum Verhängnis des Königs hatte sich ein Geheimvertrag mit Philipp II. entwickelt. Darin hatte Hermeias dem Makedonierkönig das Errichten einer militärischen Basis in seinem Staatsgebiet zugesagt. Als die Perser davon erfuhren, gelang es ihnen, Hermeias mit einer List gefangen zu nehmen. Persische Soldaten verschleppten ihn in die Hauptstadt Susa. Nach langen Verhören töteten sie ihn.

Als diese Nachricht Aristoteles erreichte, entschloss er sich, Hermeias‘ Verwandte Pythia zu heiraten. Einige Quellen berichten, Pythia wäre die Frau des Hermeias gewesen, andere dagegen meinen, es handle sich um dessen Tochter. Sicher ist: Aus dieser Ehe mit Aristoteles gingen ein Sohn und eine Tochter hervor, Nikomachos und Pythia.

Wegen der engen Beziehungen seines Vaters zum makedonischen Hof und wohl auch wegen seines eigenen hervorragenden Rufes unter den Schülern des Platon erhielt Aristoteles 343 v.Chr. eine Einladung von Philipp II. an den Königshof in Pella. König Philipp II. übertrug Aristoteles die Erziehung seines 14-jährigen Sohnes Alexander. Warum Philipp II. Aristoteles als Lehrer wählte?

Der König wünschte für seinen Sohn eine griechische Erziehung. Aus politischen Gründen vermied er es jedoch, den jungen Alexander nach Athen zu geben. Als gleichwertige Wahl erschien ihm ein in Athen gebildeter Lehrer, der dem Königshaus verbunden wäre. Wessen Wahl lag da für Philipp II. näher als die von Aristoteles?

Der Unterricht erfolgte weit ab von der Hauptstadt, in der kleinen Residenzstadt Mieza. Welche Inhalte Aristoteles für den Unterricht auswählte? Mit welchen Methoden er Alexander unterwies? Wie Alexander zu Aristoteles stand? Über all dies gibt es keine gesicherten Aussagen, obwohl beide sieben Jahre als Lehrer und Schüler zusammenlebten.

Sicher gehen wir in zwei Annahmen nicht fehl: Zum einen kann das Verhältnis zwischen beiden nicht zu herzlich gewesen sein, denn es gibt keine Kunde darüber, dass Alexander später jemals seinen Lehrer gebeten habe, ihm als Berater zur Seite zu stehen. Zum anderen blieb Aristoteles wohl genügend Zeit und Muße, sich wieder philosophischen Studien zu widmen. Dabei wechselte seine Aufmerksamkeit zwischen äußerst verschiedenen Themen.

Eines Tages kam Aristoteles in der Forschung auf die Frage zurück: Aus welchen Urstoffen ist die Natur aufgebaut? Deutlich erinnerte er sich an die Jahre zurückliegende, schmerzliche Auseinandersetzung mit Platon über dessen Lehre von den Elementen. Doch mit der Frage nach den Urstoffen musste auch Aristoteles beginnen, wollte er die Natur verstehen und den Beweis für die Scheu der Natur vor der Leere aufspüren.

Aristoteles blieb dabei: Die Elemente unterscheiden sich nicht in Gestalt oder Größe der Atome, wie Demokrit behauptete, und die Elemente sind auch keine geometrischen Gebilde, wie Platon lehrte. Viele Fragen standen vor Aristoteles:

Worin unterscheiden sich die Elemente? Welche physikalischen – nicht geometrischen – Eigenschaften besitzen sie? Wie bewegen sie sich?

Wie viele Elemente gibt es? Sind es wirklich genau vier, wie andere Philosophen annahmen? Das müsste man doch beweisen können! Nicht nur mutmaßen!

Kommen in der Natur die Elemente in reiner Form vor? Vermutlich nicht!

Wie klein können die Elemente unterteilt werden? Unendlich? Denn Aristoteles schloss ja Atome aus, wegen der Notwendigkeit einer dazugehörenden Leere.

Können sich alle Elemente in alle umwandeln? Daran hegte Aristoteles keine Zweifel, das war einer der Vorwürfe gegen Platons Lehre – nur: Warum und wie können sich alle Elemente ineinander umwandeln?

Und weiter: Könnten sich alle Elemente gleichzeitig in ein und dasselbe Element wandeln? Wohl eher nicht, sonst könnte die Welt zu einem Zeitpunkt zum Beispiel allein aus Wasser, zu einem anderen allein aus Luft bestehen.

Obendrein galt es zu klären: Bleiben die Elemente in einer chemischen Verbindung mit ihren ursprünglichen Eigenschaften erhalten?

Fragen über Fragen!

An den Anfang seiner Lehre von den Elementen stellte Aristoteles eine Annahme des ehrwürdigen Mediziners Alkmaion (um 500 v.Chr.): Allen Dingen in der Natur würden vier qualitative Eigenschaften zukommen. Diese könnte der Mensch mit seinem Tastsinn wahrnehmen: Alles in der Natur wäre warm oder kalt sowie trocken oder feucht.

Hiervon ausgehend meinte Aristoteles, jedem seiner Elemente jeweils eine aus diesen zwei gegensätzlichen Eigenschaften zuordnen zu müssen. Dabei ergaben sich nur vier Möglichkeiten für das Kombinieren der vier Eigenschaften, nämlich: kalt – trocken, kalt – feucht, warm – trocken und warm – feucht. Deshalb – so schloss Aristoteles – konnte es nur vier Elemente geben. Im Unterschied zu den früheren Philosophen hatte Aristoteles die Anzahl von vier Elementen nunmehr bewiesen, nicht bloß angenommen. Darauf war er stolz.

Aristoteles benannte die vier Elemente traditionell zu Erde, Wasser, Feuer und Luft. Jedes Element versah er mit zwei qualitativen Eigenschaften: Erde mit kalt und trocken, Wasser mit kalt und feucht, Luft mit warm und feucht und schließlich Feuer mit warm und trocken.

Aristoteles meinte: In der Natur kämen die Elemente jedoch nicht in reiner Form vor. Die meisten der in der Natur vorkommenden Körper wären weitestgehend Mischkörper aus mehreren Elementen. So bestehe wahre Erde aus einer Mischung von Erde, Wasser und Luft. Das Wasser in Flüssen und im Meer enthielte viele gelöste Stoffe. In wahrer Luft befänden sich Staub, Pollen und Feuchtigkeit. Und selbst die Flammen eines Feuers würden Ruß und auffliegende, kleinste unverbrannte Reste aus der Feuersglut einschließen.

So wie in der Natur die unbelebten Körper eine naturgemäße Tendenz zum Fallen oder zum Aufsteigen aufweisen, käme auch den vier Elementen eine dieser beiden natürlichen Bewegungen zu. Schwer oder leicht wären jedoch keine festen Eigenschaften der Dinge, auch keine festen Eigenschaften der vier Elemente. Zwar falle jeder feste Gegenstand nach unten und somit auch das Element Erde und umgekehrt stiege das Element Feuer immer aufwärts, doch bei den Elementen Wasser und Luft wären die Richtungen der Bewegung nicht so einfach vorherzusagen.

Bei Wasser und Luft hinge die Richtung der Bewegung vielmehr davon ab, an welchem Ort oder genauer in welchem Medium sich Wasser und Luft gerade befänden. Gieße jemand Wasser aus, fiele es in der Luft infolge seiner Schwere nach unten. Dagegen könnte Wasser im Erdboden trotz seiner Schwere nach oben steigen. Ähnlich sei es bei Luft: Eigentlich wäre Luft schwer, doch in der Erde und im Wasser steige sie nach oben auf.

Als Aristoteles alles nochmals recht bedachte, keimte in ihm eine Hoffnung auf. Vor freudiger Erregung stockte Aristoteles der Atem: Ergebe sich aus all den Eigenschaften der Elemente nicht wie von selbst der Beweis, dass eine Leere logisch nicht denkbar sei?

Bevor er diese hoffnungsvolle Spur weiter verfolgte, drängte es Aristoteles, zunächst die Lehre von den Elementen in sich stimmig zu vollenden, denn er hatte sogleich ein neues Problem erkannt – den vier Elementen kommen zwei einfache, ursprüngliche Bewegungen zu: entweder eine geradlinige Bewegung zum Mittelpunkt der Welt, das heißt zur Erdkugel hin oder eine geradlinige Bewegung vom Mittelpunkt der Welt weg in Richtung Fixsternhimmel.

Nur: Wo fände die nach oben gerichtete Bewegung des Feuers ein Ende?

Diese Grenze müsste kugelförmig die Erde umschließen, und sie bedürfte einer körperlichen Begrenzung. Woraus sollte diese Begrenzung, diese Hülle bestehen? Und wo sollte sich diese Begrenzung befinden? Dies müsse er erst herausbekommen, bevor er nach dem Beweis für die Unmöglichkeit einer Leere suche.

In diese Zeit fielen zwei für Aristoteles äußerst wichtige Ereignisse. Deren Schauplätze befanden sich in Athen und Theben.

In Athen war Speusippos im Jahre 338 v.Chr. gestorben. Das Amt des Leiters der Akademie sollte in einer Wahl neu besetzt werden. Sicherlich hatten frühere Mitschüler erwartet, dass der 46-jährige Aristoteles nach Athen käme und sich persönlich um die Wahl bewerben würde, denn trotz seines Fortgangs aus Athen war er immer Mitglied der Akademie geblieben. Doch Aristoteles unterließ dies, blieb in Makedonien. Ob aus politischen Ängsten? Oder ob er erwartete, sie wählten ihn auch in Abwesenheit?

Das Ergebnis fiel anders aus und kränkte Aristoteles: Die Akademie hatte Xenokrates zu ihrem neuen Leiter gewählt. Dieses Übergehen seiner wissenschaftlichen Leistungen veranlasste Aristoteles, formell und endgültig aus der Gemeinschaft der Akademie auszutreten.

Das zweite bedeutungsvolle Ereignis für das Leben von Aristoteles begann im selben Jahr 338 v.Chr. Der makedonische König Philipp II. gewann die entscheidende Schlacht gegen das mit Athen verbündete Theben. König Philipp II. gründete den Korinthischen Bund und zwang fast alle griechischen Stadtstaaten, diesem Bündnis beizutreten. Damit begann eine politische Wende in der griechischen Staatenwelt, welche die meisten Griechen nicht voraussahen – die Wende von der Macht und Unabhängigkeit vieler Stadtstaaten zur Alleinherrschaft Makedoniens in der griechischen Welt.

Im Korinthischen Bund verloren die Städte ihr außenpolitisches und militärisches Selbstbestimmungsrecht. Athen kam überraschend ziemlich glimpflich davon. Daher gewährten die Athener dem makedonischen Gesandten Antipatros das attische Bürgerrecht und im folgenden Jahr erhoben sie sogar König Philipp II. und dessen Sohn Alexander zu Ehrenbürgern der Stadt.

Alexander war bereits zu einem stolzen Jüngling von 20 Jahren herangewachsen. Da mordete im Jahre 336 v.Chr. einer der Leibwächter den Vater – einige munkelten: Es wäre ein Rachemord seiner Ehefrau gewesen.

Mit dem Mord und dem Aufstieg von Alexander zum König endete für Aristoteles abrupt der Unterricht mit dem Königssohn in Mieza. Und damit endete für Aristoteles auch die Muße zum ungestörten Ausgestalten seiner philosophischen Anschauungen.

Wenig später erhielt Aristoteles eine Einladung der Stadt Delphi.

Alle vier Jahre fanden in Delphi sportliche und musische Wettkämpfe statt. Von diesen zeugt noch ein Stadion oberhalb des Apollon-Tempels. Nach den Olympischen Spielen waren es die zweitwichtigsten gesamtgriechischen Spiele. Die Stadt ersuchte Aristoteles, eine Siegerliste der Delphischen Spiele zu erstellen. Bei diesem Unterfangen unterstützte ihn sein Großneffe, der Geschichtsschreiber Kallisthenes.

Die ersten Spiele datierten aus dem Jahre 586 v.Chr. Gemeinsam sahen Aristoteles und Kallisthenes ungezählte Berichte aus der bis dahin 250-jährigen Geschichte der Spiele durch. Nebenbei fand Aristoteles genügend Zeit, sich der Lehre von den Elementen zuwenden zu können.

Vor Aristoteles stand ein widerspenstiges Problem: Wo befindet sich die räumliche Grenze für das Aufsteigen des Elements Feuer und woraus besteht diese Grenze?

Soviel war klar: Diese kugelförmige Grenze könnte weder aus dem absolut schweren Element Erde noch aus dem relativ schweren Element Wasser bestehen, da sich beide naturgemäß nach unten bewegen. Könnte dann ein leichtes Element diese Sperre bilden? Gewiss nicht! Leichte Elemente bewegen sich zweifelsfrei nach oben, so dass es zur Ausdünnung des Raums und schließlich zur Leere käme. Fürwahr unmöglich! Ein leichtes Element scheide folglich ebenfalls als Bauelement für diese Grenze aus. Die Lösung?

Die Grenze müsse aus einem fünften Element bestehen, das weder schwer noch leicht wäre. Da dieses Element wie jedes andere auch eine ihm eigene, einfache Bewegung ausführen müsste, mutmaßte Aristoteles: Dieses Element würde als seine natürliche Bewegung eine ständige Kreisbewegung ausführen. Pate für diese reichlich gewagte Annahme stand die Kreisbewegung der Gestirne. Außer der Kreisbewegung sollte dieses fünfte Element keine weiteren Eigenschaften haben, insbesondere sollte es – im Gegensatz zu den vier irdischen Elementen – weder warm noch kalt, auch nicht fest oder flüssig sein.

Diesem fünften Element gaben spätere Forscher den Namen Äther. Und nach den lateinischen Worten „quinta essentia“ für fünftes Element, sprechen wir heute noch von der Quintessenz einer Sache und meinen damit die Lösung eines Problems.

Für Aristoteles blieb die Frage: Wo befindet sich diese Grenze aus Äther?

Aristoteles schloss: Wegen der abweichenden Eigenschaften des Elements Äther von den Eigenschaften der anderen vier Elementen kann der Äther nicht in irdische Vorgänge einbezogen werden, ja noch mehr – das Element Äther erfährt keinerlei Veränderungen. Damit teilte Aristoteles die Welt in zwei Bereiche: einen himmlischen Bereich oberhalb und einen irdischen Bereich unterhalb der Mondbahn.

Unterhalb der Mondbahn gab es vielerlei Veränderungen. So kann das Wasser des Regens im Ackerboden versickern und wieder aufsteigen, zu Eis gefrieren oder zu Luft verdampfen. Oberhalb der Mondbahn, im Bereich des Äthers, wäre hingegen alles ewig, unveränderlich.

Warum wählte Aristoteles gerade die Mondbahn als Grenze? Dafür dienten ihm zwei Beobachtungen:

Zum einen wächst der Mond beständig von Neumond über Halbmond zu Vollmond, und danach nimmt er wieder über Halbmond zu Neumond ab. Die zweite Beobachtung: Der Mond bewegt sich auf einer Kreisbahn. Aus beiden

Beobachtungen schloss Aristoteles: Mit der Wandlung seiner Gestalt nimmt der Mond an den Veränderungen in der Natur teil, daher gehöre der Mond zum irdischen Bereich der Welt, in dem sich Veränderungen vollziehen. Andererseits schloss Aristoteles: Wegen der Bewegung auf einer Kreisbahn gehöre der Mond bereits zum Himmel. Daher wäre die Mondbahn die Grenze zwischen dem irdischen und dem himmlischen Bereich der Welt.

Wäre Aristoteles zu jener Zeit ein Blick in die Zukunft vergönnt gewesen, wie hätte er sich über die Karriere seines Äthers freuen können. Mehr als zwei Jahrtausende geisterte der Äther durch viele wissenschaftliche Theorien. Obwohl im Jahre 1881 Albert Abraham Michelson in seinem berühmten Experiment zur Bestimmung der Lichtgeschwindigkeit dem Äther den Todesstoß versetzt hatte, blieb der Äther noch lange Zeit in aller Munde, schließlich kam ja mithilfe der „Ätherwellen“ die Musik vom Funkhaus zum Radio. Offen bleibt: Wie hätte Aristoteles wohl auf Friedrich Schiller und dessen Punschlied reagiert?

„Vier Elemente, innig gesellt,
bilden das Leben, bauen die Welt.
Presst der Zitrone saftigen Stern,
herb ist des Lebens innerster Kern.
Jetzt mit des Zuckers linderndem Saft
zähmet die herbe brennende Kraft.
Gießet des Wassers sprudelnden Schwall,
Wasser umfänget ruhig das All.
Tropfen des Geistes gießet hinein,
Leben dem Leben gibt er allein.
Eh es verdüftet, schöpfet es schnell,
nur wenn er glühet, labet der Quell.“

Hätte Aristoteles über Schillers vier Elemente – Zitrone, Zucker, Wasser und Geist – schmunzeln können? Wir wollen es hoffen. Zurück nach Delphi und Aristoteles' Arbeit an den Siegerlisten für die Spiele.

Bereits ein Jahr nach der Gründung des Korinthischen Bundes erschütterte ein weiteres militärisches Ereignis die griechische Welt. Unter dem jungen König Alexander zerstörten die Makedonier 335 v.Chr. die Stadt Theben. Mit diesem Sieg brach in der gesamten griechischen Staatenwelt der offene Widerstand gegen Makedonien zusammen, auch in Athen. Die Athener arrangierten sich mit der neuen Situation.

Für Aristoteles brachte der Sieg der Makedonier eine Wende in seinem Leben. Nach einer zwölfjährigen Abwesenheit von Athen ermöglichten die neuen Machtverhältnisse seine Rückkehr nach Athen und nährten Aristoteles' Hoffnungen auf ein ungestörtes wissenschaftliches Arbeiten in Athen.

Im Haus mit den Wolfsköpfen

Mit einer Fülle von Ideen für künftige Forschungen kehrte Aristoteles nach Athen zurück. Zunächst galt es allerdings, in Athen wieder Fuß zu fassen, für Frau und Kinder das tägliche Leben zu organisieren, alte Kontakte wiederzubeleben, neue zu knüpfen. Ein langjähriger Haussklave half ihm nach Kräften.

Allmählich konnte sich Aristoteles seinem Hauptanliegen zuwenden, der Gründung einer eigenen Schule. Dieses Wagnis stellte ihn vor ein unüberwindbares Problem: Nach wie vor galt in Athen das Gesetz, wonach „Nicht-Athener“ in der Stadt kein Grundeigentum erwerben durften und als Makedonier galt Aristoteles in Athen als Zugereister.

Seit Jahrzehnten war Aristoteles über viele philosophische Gespräche mit General Antipatros verbunden gewesen – könnte der ihm helfen? Hatte Alexander der Große General Antipatros nicht eben erst zum Statthalter in Athen ernannt?

Der General hätte das Gesetz außer Kraft setzen können oder zumindest Druck auf die Stadt Athen ausüben können. Dennoch: Aristoteles unterließ es, den Feldherrn darum zu bitten. Er wusste: Aus politischer Rücksicht auf die ohnehin gereizten Athener konnte selbst Antipatros keine Ausnahme riskieren, auch nicht für seinen Freund Aristoteles.

Könnte sonst jemand helfen? Theophrast, der mit ihm nach Athen gekommen war? Nein! Auch er konnte nicht helfen. Theophrast war in Athen ebenso ein „Ausländer“ wie Aristoteles selbst.

Aristoteles blieb nichts anderes übrig, als im Zentrum Athens eine Wandelhalle zum vorläufigen Sitz seiner Schule auszuwählen. Diese Halle reichte weder für die Anzahl der

Schüler, die bald zu ihm strömten, noch für die wissenschaftlichen Forschungen, denen sich Aristoteles und Theophrast widmen wollten. Allein für die umfangreiche und wertvolle Sammlung von Buchrollen benötigte Aristoteles eine ausreichend große Bibliothek. Die von ihm ins Auge gefassten zoologischen Untersuchungen? Bedurften sie nicht geeigneter Laborräume? Und die außergewöhnlichen Sammlungen? Alexander der Große hatte auf seinen Feldzügen Tiere, Pflanzen und Mineralien sammeln lassen und viele Aristoteles übersandt. Wo sollten diese Sammlungen Platz finden? Diskussionen in kleineren Gruppen? Wo könnten sie ihre Gedanken austauschen? Ungestört von bloßen Gaffern und schaulustigen Passanten.

In einer öffentlichen Wandelhalle blieb dies alles bloß ein Wunschtraum. Dennoch – Aristoteles begann in einer solchen Halle sein zweites Leben in Athen.

Die räumliche Beschränkung hielt glücklicherweise nicht lange an. Ein in Athen geborener Freund bot Aristoteles dessen Privathaus außerhalb der Stadtmauern zur Miete an und Antipatros willigte ein. Das Haus schmückten Steinskulpturen mit Wolfsköpfen. Nach dem griechischen Wort „lykos“ für Wolf gaben diese Skulpturen der Schule von Aristoteles den Namen „Lykeion“.

Nach anderen Quellen hingegen war das Haus in früher Zeit als ein Musenheiligtum errichtet worden. Die Athener hatten dieses Heiligtum Apollon Lykeios gewidmet. Die meisten Geschichten aus der Göttersage der Griechen berichten über Apollon als Gott der neun Musen. In der Erzählung des Hesiod zu Apollon Lykeios geht es jedoch um den Vater-Sohn-Konflikt zwischen Göttervater Zeus und dessen Sohn Apollon.

Zwischen beiden gab es von Zeit zu Zeit ernsthafte Zerwürfnisse. Eines Tages bestrafte Zeus seinen Sohn Apollon äußerst hart: Er tötete den Arzt Asklepios, einen Sohn des Apollon. Außer sich vor Trauer und Zorn ersann Apollon zur Rache den Mord an dem Kyklopen. Wiederum als Buße hierfür, musste Apollon in den Schafställen des Königs Admetos von Pherai arbeiten und dessen Kühe vor Wölfen schützen. Daher verehrten viele Griechen Apollon auch als Beschützer der Herden vor Wölfen. In dieser Eigenschaft huldigten sie Apollon fortan auch als Apollon Lykeios.

Heiligtum hin oder her – in dem Haus fanden Aristoteles, Theophrast und deren Schüler ausreichend Platz zum Forschen, Lehren und Diskutieren. Bald gesellten sich zu ihnen weitere Wissenschaftler wie der Astronom Kallippos. Er verehrte Aristoteles bereits seit ihrer gemeinsamen Zeit in Platons Akademie.

Gemeinschaftlich forschte die Schulgemeinschaft an drei großen Themen:

Mit welchen Methoden kommt der Philosoph zu wahren Erkenntnissen?

Welche Arten der Veränderungen kommen in der Natur vor und welche Ursachen liegen diesen zugrunde?

Auf welchen Wegen kann der Mensch das Gute verwirklichen?

Im Unterschied zu Platon suchte Aristoteles für seine Schule von Anfang an den Kontakt zu den Athenern. Einen Weg hierzu ebneten öffentliche Vorträge. Damit barg das Lykeion in sich den Keim heutiger Volkshochschulen.

Suchte Aristoteles auf diese Weise den Wettstreit mit anderen Schulen in Athen? Zielten die Vorträge darauf ab, die Forschungsergebnisse seiner Schule möglichst vielen Interessierten mitzuteilen? Wollte Aristoteles einen „zweiten Bildungsweg“ für Bürger begründen, die sich keinen Aufenthalt in einer der Schulen leisten konnten? Oder dienten die Vorträge ganz einfach nur dem Ziel, sein persönliches Ansehen als einen in Athen ungeliebten Makedonier zu verbessern? Wahrscheinlich spielte vieles zusammen. Sicher ist: Die Athener kamen rege zu diesen Vorträgen. Über alle Themen seiner Lehre sprach Aristoteles zu den Besuchern mit verständlichen Worten.

Es ist nicht bekannt, ob Aristoteles auch von Zeit zu Zeit interessierte Athener zu einem Besuch seiner Schule eingeladen hat. Dann wäre er der Ahnherr vom „Tag der Offenen Tür an Universitäten“. Nach allem, was wir über Aristoteles wissen, ist dies nicht auszuschließen.

Wollen Sie sich einer Besuchergruppe auf einem Rundgang durch das Lykeion anschließen?

Im Zentrum der Schule stand ein Komplex aus zwei Hallen, in denen Schüler und Lehrer wandelten. In einer Halle scharte sich eine kleine Gruppe von Schülern um Theophrast. Ihre Gespräche galten dem Wachstum von Bäumen und den Grundregeln für die Hege und Pflege von Wäldern. Theophrast berichtete über Harpalos. Alexander der Große hatte diesen als Statthalter in Babylon eingesetzt.

Harpalos versuchte vergebens, in Babylon griechische Gehölze anzubauen.

Dieses Thema sprach die Besuchergruppe aus Athen nicht an, unter ihnen befanden sich keine Waldbesitzer. Die Neugier trieb die Gäste weiter.

In der zweiten Halle trafen die Besucher auf dichtes Gedränge. Gewöhnlich wandelten Lehrer und Schüler bei ihren Gesprächen durch die Hallen. Doch für Astronomie interessierten sich sehr viele Schüler. Bei einem Rundgang hätten nicht mehr alle Schüler an den Gesprächen teilhaben können. Deshalb saß Kallippos auf einem Schemel. Die Schüler umstanden den Astronom im Halbrund. Kallippos führte die Schüler in das Problem ein, an dem er seit Langem arbeitete: Wie bewegen sich die Planeten am Himmel? Als besonders hartnäckig erwies sich das Problem: Wie lassen sich die Schleifenbahnen der Planeten erklären?

Das interessierte auch viele der Besucher, vor allem jene, die an Astrologie glaubten und in Athen war deren Zahl sehr groß. Einige der Gäste verharrten bei den Schülern, doch bald konnten sie der Theorie von Kallippos nicht mehr folgen. Nur zwei Besucher, die sich in Athen dem Wahrsagen aus den Sternenbildern hingaben, blieben stehen. Alle anderen Gäste schlenderten weiter, ihr Interesse galt nunmehr den Bibliotheksräumen.

Dort empfing die Besucher ein emsiges Treiben.

„Aristoxenes“, rief ein Schüler, „wo finden wir die Verfassungen der griechischen Staaten?“

Aristoxenes blickte auf die Gruppe der Schüler und lachte.

„Wo ihr sucht, stehen die Beschreibungen, die Aristoteles von über 500 Tieren anfertigte. Ihr müsst zu mir kommen, hier bewahren wir die Verfassungen von 158 Staaten auf.“

Als die Schüler vor ihm standen, fragte er sie:

„Welche Verfassung soll es denn sein?"

Die Schüler interessierten sich für die Verfassung von Odessos.

„Wenn ihr die sucht, müsst ihr zum dritten Regal schauen. Die Verfassungen aller Staaten rund um das Schwarze Meer habe ich ganz oben eingeordnet."

Aristoxenes schaute ihnen nach, prüfte, ob sie auch den rechten Weg einschlugen und rief ihnen hinterher:

„Worüber wollt ihr diskutieren?"

Es gehe um einen Lehrsatz von Aristoteles über den Staat, nämlich:

„Welche Verfassung für einen konkreten Staat am besten ist, muss immer relativ zu den Umständen bestimmt werden."

Diesen Lehrsatz sollten die Schüler mit Beispielen untermauern. Beim Herausgehen hörten die Besucher noch die Worte von Aristoxenes:

„Sehr gutes Thema! Diese Frage wird immer aktuell bleiben."

Der Weg zum Labor für zoologische Untersuchungen führte erneut an den Wandelhallen entlang. Im Vorübergehen konnten die Gäste nochmals einige Worte von Theophrast zum Wachsen und zum Nutzen von Bäumen auffangen:

„Gedrängt stehende Bäume wachsen viel mehr in die Länge, daher sind sie ohne Knoten, gerade und schlank, und es werden die schönsten Ruder daraus gemacht. Einzeln stehende Bäume wachsen mehr in die Breite und Dicke, daher sind sie knorriger, knotiger und im Ganzen fester als die, welche gedrängt wachsen."

Als sie auf ihrem Rundgang erneut an der Halle der Astronomen vorbeikamen, drang zu den Besuchern die Frage eines Schülers:

„Wie erklärte Eudoxos die Planetenbahnen?“

„Eudoxos hat jeden Planeten in mehrere durchsichtige, kristallähnliche Hohlkugeln gesetzt. Dafür hat er 27 Hohlkugeln angenommen. Diese drehen sich unterschiedlich schnell um verschiedene Achsen. Ich glaube, man müsste sich noch mehr Hohlkugeln denken, vielleicht 55.“

Ein Schüler unterbrach ihn: Was meine denn Aristoteles dazu?

Aristoteles halte es für möglich, dass 49 Hohlkugeln reichten. Der Philosoph überlasse es allerdings den Astronomen, etwas Sicheres hierüber zu bestimmen, denn sie hätten in diesem Fach zuverlässigere Kenntnisse als er. Alsbald begann Kallippos seine geometrischen Modelle über die Abstände, Durchmesser und Neigungswinkel der Drehachsen für alle 55 Hohlkugeln zu entwickeln. Die Einzelheiten hierzu spickte Kallippos mit viel Geometrie. Dies fesselte die Gäste dann doch nicht mehr.

Im Besuchsprogramm der Athener lockte nunmehr das Labor für zoologische Untersuchungen. Als die Gäste dort eintrafen, war Demetrios damit beschäftigt, die Arbeitsplatte von Aristoteles zu reinigen. Er unterbrach seine Arbeit und begrüßte die Besucher.

„Wisst ihr, was Aristoteles und ich hier treiben?“

Deshalb seien sie ja ins Lykeion gekommen, antwortete einer.

„Aristoteles vergleicht für seine Forschung Hunderte von Tierarten nach Gestalt, äußerer und innerer Organisation, Lebensweise und Zeugung, Lebensraum und Verhaltensweise. Aristoteles sammelt, ordnet und systematisiert all dieses Wissen. Die meisten Tiere beschreibt er aus eigenen Beobachtungen. Dazu führte er bisher an etwa fünfzig Arten Sektionen durch.“

„Wozu tötet Aristoteles so viele Tiere und schneidet deren Körper auf? Ist das notwendig?“

„Dieses Vorgehen eröffnet Aristoteles den Blick für Zusammenhänge zwischen Bauplänen verschiedener Tiere.“

Demetrios ergänzte: Natürlich befrage Aristoteles auch Bauern, Jäger, Fischer und Bienenzüchter.

„Ihr seht daraus: Aristoteles nutzt die Beobachtungen und Erfahrungen vieler Menschen, die täglich mit Tieren umgehen.“

„Warum betreibt Aristoteles einen solch riesigen Aufwand?“

„Für Aristoteles beginnt alle Wissenschaft mit dem Erstaunen über die Dinge, wie sie in der Natur einmal sind.“

Petros, ein Händler vom Markt, wunderte sich über die vielen Eier, die er in einem Korb erblickte. Demetrios war im Begriff, die Eier mit einem Tuch abzudecken.

„Demetrios, handelt ihr mit Eiern?“ fragte Petros scherzhaft und fügte hinzu: „Oder steht auf eurem Speiseplan für morgen Eierkuchen?“

„Nein, weder – noch! Das sind befruchtete Eier. Soll ich euch verraten, was Aristoteles augenblicklich herausbekommen möchte?“

Demetrios prüfte in den Gesichtern der Gäste, ob dies die Besucher wirklich interessiere.

„Aristoteles erforscht die Zeugung und Entwicklung der Tiere. Seit langer Zeit hat sich ein Problem zu einem Zankapfel entwickelt. Sowohl Philosophen als auch Mediziner streiten um die Frage: In welchem Organ hat die Seele ihren Sitz, im Herzen oder im Gehirn? Oder anderes gefragt: Welches Organ ist das wichtigste in einem Tier?“

Demetrios zeigte auf die Eier und ergänzte:

„Die Antwort will Aristoteles mit befruchteten Hühnereiern herausfinden."

„Wie will Aristoteles das herausbekommen?" fragte Orestis, ein Arzt aus Athen.

Aristoteles sei der Meinung: Das wichtigste Organ müsse sich zuerst bilden.

„Und welches ist es denn nun, kannst du uns das schon verraten?"

In der letzten Woche habe Aristoteles nachweisen können, dass sich in einem befruchteten Hühnerei am vierten Tage das Herz zu bilden beginne.

„An diesem Tage zeigt sich in der Flüssigkeit der Eier ein dünner, rötlicher Rand und, beinahe in dessen Zentrum, zuckt ein springender, blutfarbener Punkt – so klein, dass er rhythmisch wie ein kleiner Feuerfunke hervorleuchtet."

Darauf – liebe Leser – geht das geflügelte Wort zurück, mit dem wir betonen, dass etwas das Wichtigste einer Sache sei: „Das ist der springende Punkt!"

„Führt ihr hier neben solchen Beobachtungen auch Experimente aus? Ich meine, ändert ihr bei einem Vorgang das eine oder andere und schaut nach, wie der Vorgang unter den geänderten Bedingungen abläuft?"

„Nein! Aristoteles beschränkt sich allein auf das Beobachten."

„Warum?", wunderte sich Leonidas. Er betrieb in Athen eine Färberei. Auf das fragende Gesicht von Demetrios fügte Leonidas hinzu:

„Ich probiere in meiner Werkstatt von Zeit zu Zeit immer wieder einmal etwas Neues aus."

„Leonidas, weißt du, was Aristoteles dir antworten würde? Wie könnte man das natürliche Geschehen erkennen, wenn man willkürlich eingreift?"

Deshalb führe Aristoteles keine Experimente aus.

Auf dem Rückweg aus den zoologischen Labors entdeckten die Besucher noch eine kleine Gruppe von Schülern. Sie hockten im Schatten eines Olivenbaums. Zu den vorbeilaufenden Gästen drangen Wortfetzen wie „Die Welt ist ewig und unerschaffen." Kurz darauf hörten sie „Gott hat nichts zu verwirklichen." und dann sogar „Gott liebt keinen Menschen."

Die Sätze ließen die Athener innehalten und nähertreten. Sie glaubten ihren Ohren nicht trauen zu können – von welchem Gott sprechen diese Schüler? Von Zeus und seinen Göttern auf dem Olymp? Von diesen Göttern berichten Hesiod und Homer wahrhaft anderes. Schon sprach ein Schüler die Gäste an:

„Darf ich euch eine Frage stellen?"

Er setzte einfach das Einverständnis der Besucher voraus und schockierte sie mit seiner Frage:

„Wie denkt ihr über Gott? Gibt es mehrere Götter oder nur einen Gott oder glaubt ihr an gar keinen Gott?"

Irritiert wichen die meisten Besucher einen Schritt zurück. Wie konnten die Schüler die Gäste mit solch höchstpersönlichen Fragen in die Diskussion einbeziehen?

Als sich die Verblüffung der Athener gelegt hatte, trat Nikos vor. Er unterhielt in der Stadt eine große Schmiedewerkstatt und unterstützte häufig die Diener am Tempel des Hephaistos. Sein Blick wanderte von dem Schüler, der die Frage gestellt hatte, zu den anderen Schülern. Schließlich erwiderte Nikos selbstbewusst:

„Ich glaube an die Götter auf dem Olymp. Ob alles genauso ist, wie wir es von Hesiod kennen? Das weiß ich nicht, aber ich opfere regelmäßig Hephaistos und die Erfolge meiner Werkstatt zeigen mir, dass Hephaistos meine Arbeiter und mich beschützt."

„Aristoteles verneint Götter, die sich bald barmherzig und sorgend, bald zornig und strafend zeigen.", erwiderte ein Schüler und ergänzte:

„Aristoteles lehrt vielmehr: Es gibt nur einen unpersönlichen Gott außerhalb der Fixsternsphäre."

„Und wie sorgt dieser eine Gott für die Menschen?", wunderte sich Nikos.

„Er sorgt gar nicht für die Menschen, er beschenkt sie nicht und er bestraft sie nicht. Gott ist nur der Beweger des Himmels."

Damit war der Schüler noch nicht am Ende:

„Aristoteles lehrt: Für alle Bewegungen am Himmel muss es eine Ursache geben und diese Ursache ist Gott. Dieser Gott hat die Welt aber nicht erschaffen, diese ist ewig. Und in das Leben der Menschen greift Gott auch nicht ein."

Nunmehr mischte sich der Astrologe Diamantis ein:

„Wie setzt dieser Gott die Himmelskörper in Bewegung?"

„Es ist das Verlangen, das der Fixsternhimmel nach Gott hat – dieses Verlangen versetzt den Fixsternhimmel in Bewegung. Und diese Bewegung leitet der äußerste Himmel an die nächstinneren Sphären weiter."

Die Gäste konnten dem nicht folgen. Verdutzt schauten sie sich an. Nach kurzem Schweigen setzte ein Schüler von Neuem an:

„Vielleicht hilft euch ein Vergleich: So wie ein Geliebter die Liebe der Geliebten in Bewegung setzt, lenkt auch Gott die Welt ohne Berührung."

Auch dieser Vergleich half den Gästen nicht wirklich, verstimmt ließen sie die Schüler stehen.

Insgesamt hatte die Gruppe schon längere Zeit im Lykeion verbracht, dennoch hatte keiner das Glück gehabt, Aristoteles zu sehen oder gar mit ihm von Angesicht zu Angesicht ein Wort wechseln zu können. Als die Besucher endgültig aufbrachen, lief ihnen Theophrast über den Weg. Orestis, der Arzt, sprach ihn an:

„Lieber Theophrast! Wir waren fast den ganzen Tag hier bei euch – nur: Wo ist Aristoteles? Nirgendwo sind wir ihm begegnet."

„Aristoteles hat sich heute zurückgezogen. Er will in Ruhe seine Gedanken ordnen für den Vortrag, den er bald vor Athener halten wird."

Theophrast wollte weitergehen, doch Orestis wünschte das genauer zu wissen:

„Worüber wird Aristoteles sprechen?"

„Das Thema heißt: ‚Warum ist eine Leere undenkbar?' Das Thema liegt Aristoteles sehr am Herzen."

Als Meister der Rhetorik wusste Aristoteles: Für die Menschen, die von früh bis spät ihrer täglichen Arbeit nachgingen und sonntags zu ihm kamen, musste er anders sprechen als zu seinen Schülern im Lykeion. Er liebte es, mit den Athenern mehr ein Gespräch zu führen als einen trockenen Vortrag zu halten. Keinesfalls wollte er seine Rede mit Fachbegriffen oder philosophischen Feinheiten spicken – wie einst Platon.

Bei den Vorbereitungen erinnerte sich Aristoteles eindringlich an Platon, obgleich der große Philosoph nur einen einzigen öffentlichen Vortrag gehalten hatte. Darin wollte Platon den Athenern seine Vorstellungen über das Gute vermitteln. Der Vortrag mündete in einen totalen Misserfolg. Wenn später in Athen jemand etwas ganz und gar Unklares sprach, spöttelte man: „Das ist ja noch unverständlicher als das Gute bei Platon."

In kleinen Grüppchen kamen die Gäste ins Lykeion. Viele der Ankommenden kannten Aristoteles von früheren Vorträgen, in denen er über die vier Elemente, die Bewegung der Körper oder den Sphärenaufbau der Welt gesprochen hatte. Umgekehrt erkannte auch Aristoteles einige Athener wieder – vor allem jene, welche die Gespräche mit Fragen, Einwänden oder Zustimmungen lebhaft bereichert hatten. Einige von diesen kannte Aristoteles mit Namen – den Schmied Simon, den Weinhändler Marinos, den Reeder Tasos, den Lehrer Fedos und den Astrologen Diamentis. Nie hatte Aristoteles seine Gäste enttäuscht oder gelangweilt. Stets hatte er den Zuhörern anregende Gedanken vermittelt.

Als Aristoteles erschien, begrüßten ihn alle mit herzlichem Applaus. Wie immer verrieten ihre Gesichter Interesse und Wissbegierde.

„Seid gegrüßt, Freunde! Hat sich bis zu jedem von euch unser heutiges Thema herumgesprochen?"

Ein Blick in die Gesichter der Besucher verriet ihm: Nicht alle kannten das Thema.

„Nein? Die Frage heißt: Ist eine Leere denkbar? Oder genauer: Warum ist ein Leere physikalisch und logisch undenkbar?"

Um die Zuhörer von Anfang an auf seine Seite zu ziehen, begann Aristoteles mit einer witzigen Anspielung, die zu allen Zeiten beim Publikum gut ankommt:

„Ich meine nicht die Leere in den Köpfen einiger Männer in der attischen Verwaltung, ich meine vielmehr die Leere in der Natur."

Wie erwartet belustigte diese Stichelei viele Besucher, sie lachten aus vollem Herzen. Aristoteles wartete auf das Verklingen des Gelächters. Schließlich begann Aristoteles:

Über die Frage, ob eine Leere möglich wäre oder nicht, hätten schon viele Philosophen nachgedacht und sie wären zu äußerst widersprüchlichen Antworten gekommen.

„Altehrwürdige Philosophen wie Thales oder Heraklit meinten:

Aus Nichts wird nichts. Und nichts kann zu Nichts werden.

Für Thales und für Heraklit stand unwiderruflich fest: Eine Leere ist nicht möglich. Anaxagoras, der vor langer Zeit die Philosophie zu uns nach Athen getragen hat, ging noch weiter. Scharfsinnig fragte er: Welchen Sinn sollte eine Leere haben?"

Sogleich setzte Aristoteles seine Lobrede auf Anaxagoras fort:

„Und als Erster konnte Anaxagoras mit einer Beobachtung beweisen, dass die Natur eine Scheu vor der Leere besitzt. Dieses Experiment werde ich euch gleich zeigen. Ganz und gar entgegengesetzter Ansicht war hingegen Demokrit. Für diesen Philosophen stand zweifelsfrei fest:

Die Welt besteht aus dem Vollen und dem Leeren. Das Volle waren seine Atome, das Leere die Räume, in denen sich die Atome bewegen."

Aristoteles vergaß nicht, Demokrits berühmten Wort zu zitieren: „Der gebräuchlichen Redeweise nach gibt es Farbe, Süßes, Bitteres – in Wahrheit aber nur Atome und Leeres."

Diesen Spruch nutzte Aristoteles für einen spöttischen Seitenhieb auf Demokrits Atomlehre:

„Wenn ihr das nächste Mal süßen Honig, saure Milch oder salzigen Fisch speist, lasst euch nicht allein die Atome schmecken, genießt auch die leeren Räume zwischen diesen!"

Damit hatte Aristoteles erneut die Lacher auf seiner Seite. Nach einem Blick zu den Zuhörern wollte Aristoteles seine gedankliche Reise durch das Reich der Spekulationen früherer Philosophen beenden. Doch Diamantis mischte sich ein. Der Liebhaber der Sternenkunde fragte:

„Aristoteles, könnte es nicht sein, dass sich hinter der Kugel mit den Fixsternen eine Leere befindet?"

Auch hierüber seien die Philosophen uneins, begann Aristoteles. Einige hätten erst gar keinen Zweifel aufkommen lassen, dass die Fixsternsphäre der Rand der Welt sei und dass es dahinter nichts gebe, nicht einmal eine Leere. Andere dagegen schließen nicht aus, dass hinter den Fixsternen eine Leere möglich wäre. Wieder andere seien überzeugt, dass hinter der Fixsternsphäre sogar weitere Welten existierten.

„Genug der Einführung!“ Mit einer Handbewegung schloss Aristoteles die einleitenden Worte ab. Er bekräftigte: „Ihr seht: Die Philosophen konnten sich nicht auf eine gemeinsame Antwort einigen.“

Sogleich stimmte Aristoteles das Publikum auf sein Anliegen ein:

„Heute werdet ihr von mir vier Beweise erfahren, die ein für alle Mal verbürgen, warum eine Leere physikalisch und logisch undenkbar ist. Doch zunächst sollt ihr hören, welche Argumente die Anhänger einer Leere vorzubringen haben.“

Aristoteles nannte Argumente, die schon von Demokrit bekannt waren: Es gibt Dinge, die komprimiert werden können. So können mit Luft gefüllte Därme zusammengedrückt werden. Und nach dem Umfüllen von Wein in Schläuche können die vollen Fässer zusätzlich noch den Schläuchen Platz bieten. Beides wäre möglich, weil Luft oder Wein dadurch Volumen verlieren können, dass die darin vorhandenen Leerstellen aufgefüllt würden. Als Beleg betrachteten die Anhänger der Leere auch die Tatsache, dass ein mit Asche gefülltes Gefäß zusätzlich noch ebenso viel Wasser aufnehmen könne wie das leere Gefäß.

Bevor Aristoteles seine Argumente gegen eine Leere vorbrachte, wollte er erst einmal klarstellen, was er unter einer Leere verstehe:

„Eine Leere nenne ich das, worin zwar kein Körper ist, aber doch sein kann.“

Wie versprochen, stellte Aristoteles an den Anfang einige Beobachtungen, mit denen er die Scheu der Natur vor der Leere demonstrierte.

„Die Scheu der Natur vor der Leere erkannte zuerst Anaxagoras."

„Wobei?", rief Simon.

Aristoteles ergriff eine Klepsydra und zeigte sie der Runde.

„Mit solch einer Klepsydra stellte Anaxagoras eine Reihe von Versuchen an. Einen davon möchte ich euch zeigen."

Sie – liebe Leser – kennen das Experiment bereits vom Besuch in Platons Akademie. Beim Vorführen der Versuche vor den Gästen aus Athen schwelgte Aristoteles in Begeisterung. Am Ende räumte er ein:

„Ein ganz Schlauer könnte jetzt einwenden: In diesem Fall stimme alles, aber es wäre nur ein einziges Beispiel. In anderen Fällen könnte es dagegen anders sein."

Deshalb wollte Aristoteles ein weiteres Beispiel anführen. Aristoteles ergriff eine hölzerne Röhre ähnlich der Schilfröhre einer Panflöte.

„Wer kommt zu mir und hilft?"

Der Schmied bot sich an.

„Simon, hier steht eine Schüssel mit Wasser. Tauche die Röhre ein und fülle sie mit Wasser. Gib Acht! Im Innern dürfen keine Luftblasen zurückbleiben."

Aristoteles prüfte, ob Simon die Röhre vollständig mit Wasser gefüllt hatte.

„Greife jetzt die Röhre mit der linken Hand und presse den rechten Handballen fest auf eine Öffnung der Röhre!"

Aristoteles deutete an, wie Simon vorgesehen sollte. Nunmehr bat er Simon, die Röhre mit weiterhin zugepresster Öffnung aus dem Wasser herauszuziehen und dabei senkrecht zu halten.

„Gut gemacht Simon! Seht ihr aus der Röhre Wasser herausfließen?“

„Nein!“, riefen alle.

„Und warum fließt keine Wasser heraus?“

Nach ersten, unzutreffenden Vermutungen zweier Besucher kam Marinos, der Weinhändler, auf die richtige Fährte:

„Wenn unten Wasser ausliefe, würde es oben fehlen, dort müsste demzufolge ein leerer Raum entstehen. Wie du uns immer lehrst, hat die Natur jedoch eine Scheu vor einer Leere.

„Und deshalb fließt aus dem Rohr kein Wasser heraus.“, vollendete Aristoteles den Gedankengang.

Nunmehr forderte er Simon auf, die Hand oben von der Öffnung zu nehmen. Augenblicklich lachten alle, ein Teil des Wassers war über Simons Chiton und Sandalen gelaufen.

„Wisst ihr, warum das Wasser urplötzlich ausgelaufen ist? Weil von oben Luft nachströmen konnte.“

Zu den Worten von Aristoteles ergänzte Marinos:

„Es gibt noch einen Vorgang, der die Scheu der Natur vor der Leere beweist. Ihr könnt das sehen, wenn ihr bei mir Wein kauft.“

Der Weinhändler demonstrierte, wie er mit einem Schlauch den Wein aus einer großen Amphore ansaugt, den Schlauch über den Hals der Amphore nach unten in den Krug hängen lässt und Wein herausfließt.

„Ich habe mich früher gefragt, warum der Wein nicht zugleich aus beiden Schenkeln ausfließt bis der gesamte Wein aus dem Schlauch ausgelaufen ist. Jetzt weiß ich es:

Wenn der Wein aus beiden Schenkeln ausfließen würde, müsste im Schlauch eine Leere entstehen – und zwar oben in der Rundung über dem Hals der Amphore. Davor hat die Natur Angst und deshalb fließt immerzu Wein aus der Amphore in den Schlauch nach und läuft in eure Krüge hinein."

„Marinos, du bist nicht nur ein erfolgreicher Weinhändler", lobte Aristoteles, „du bis auch ein großer Philosoph."

Das käme alles nur vom Wein, ulkte ein Athener. Sodann lenkte Aristoteles zu den von ihm gefundenen Beweisen über.

„Ein besonders Hartnäckiger kann immer noch einwenden: Drei Beispiele – die Klepsydra, die Röhre und der Schlauch mit dem Wein – seien nicht ausreichend. Sie würden allein zeigen, dass die Natur in diesen Fällen eine Scheu vor der Leere habe. Notwendig wäre der Nachweis, dass die Natur diese Scheu immer besitze. Und vor allem: Warum das so sei."

Einen solch Unerschütterlichen unter ihnen könne Aristoteles mit folgenden Beweisen überzeugen:

„Vor nicht zu langer Zeit sprach ich mit euch über meine Lehre von den Elementen und von der Bewegung der Körper. Erinnert sich der eine oder andere noch daran?"

„Du sagtest, die schweren Elemente wie Erde fallen nach unten, die leichten wie Feuer steigen nach oben. Für Wasser und Luft entschiede das Medium, in dem sich das Wasser oder die Luft gerade befinden, ob sie schwer oder leicht sind.", rief Fedos, ein junger Privatlehrer.

Aristoteles hob den Daumen für die Zahl Eins und begann den ersten Beweise vorzutragen:

„Erster Beweis: Alle Elemente und alle irdischen Körper streben danach, ihren natürlichen Ort einzunehmen.

Daher fallen Steine und alle anderen schweren Körper nach unten.“

Mit einem schelmischen Blick auf das Publikum spielte Aristoteles den Unkundigen:

„Oder glaubt ihr mir, dass ich schon einmal gesehen hätte, wie bei einem Sturm ein Dachziegel nach oben zu den Wolken statt nach unten zur Erde geflogen wäre? So als ob der Ziegel die Wolke vor Regen schützen möchte?“

Das amüsierte die Zuhörer. Aristoteles erinnerte sie daran, dass alle natürlichen Bewegungen entlang einer gedachten geraden Linie verlaufen, wobei sich die Körper immer schneller bewegen. Und alle diese natürlichen Bewegungen besitzen nur eine begrenzte Zeitdauer – sie enden, wenn die Körper ihren natürlichen Ort erreicht haben. Darauf baute Aristoteles den ersten Beweis auf:

„Wie soll es im Leeren eine naturbedingte Bewegung geben können, wenn es im Leeren keinerlei Unterschiede gibt? In ihm kann es kein Oben, kein Unten und auch keinen Mittelpunkt geben. So gewiss das Leere leer sein soll, kann sich in ihm das Oben vom Unten nicht unterscheiden. Man kommt also nicht um die Alternative herum: entweder keine natürliche Bewegung im Leeren oder aber kein Leeres. Das ist eine erste Ungereimtheit, die sich ergibt, wenn man ein Leeres annimmt.“

„Zweiter Beweis!“

Aristoteles hob Daumen und Zeigefinger für die Zahl Zwei. Als Ausgangspunkt wählte er die Annahme, es gäbe eine Leere und in dieser würde sich ein Körper in Bewegung befinden. Daraus schlussfolgerte Aristoteles:

„Es wäre unerfindlich, wie in einer Leere ein einmal in Bewegung gekommener Körper an irgendeiner Stelle wieder zur Ruhe kommen könnte.“

Zur Begründung verwies er wieder darauf, dass im Leeren weder ein Oben noch ein Unten existiere und es folglich keinen Grund gebe, warum sich ein Körper dorthin statt dahin bewegen sollte. Welche Stelle sollte in einer Leere eine solche Auszeichnung vor den übrigen Stellen besitzen können? Es gebe ja gar keine Unterschiede im Leeren. Daraus folge:

„Im Leeren bleibt nur die Alternative: entweder ständige Ruhe oder aber, sofern nicht etwa eine überlegene Gegenkraft hemmend ins Spiel treten sollte, unendlich fortgehende Bewegung."

Das wäre eine zweite Unstimmigkeit, die aus der Annahme einer Leere folge.

„Dritter Beweis!"

Aristoteles reckte Daumen, Zeigefinger und Mittelfinger vereint in die Höhe.

„Sprechen wir jetzt über die Frage: Wovon hängt es ab, wie schnell sich ein Körper bewegt?"

Aristoteles lud seine Zuhörer zu einem Gedankenexperiment ein:

„Stellt euch vor: Wir lassen eine kleine Eisenkugel nacheinander in vier Amphoren hineinfallen. Die Gefäße sollen mit verschiedenen Stoffen gefüllt sein: Die erste Amphore enthält flüssigen Honig, die zweite Olivenöl, die dritte Wasser und in der letzten, in der vierten, befindet sich nur Luft. Ich frage euch jetzt: In welcher Amphore fiele die Kugel am langsamsten zu Boden und in welcher am schnellsten?"

Alle waren sich einig: In Honig würde die Kugel am langsamsten fallen, in Luft am schnellsten.

„Warum?"

Aristoteles schaute mit fragendem Blick in die Runde: wollte jemand die Ursache nennen? Als sich keiner traute, antwortete Aristoteles selbst:

„Erinnert ihr euch an einen früheren Vortrag? Die Geschwindigkeit hängt vom Widerstand ab, den ein Medium der Bewegung entgegensetzt. Dafür gilt: Die Geschwindigkeit, mit der ein Körper in zwei Medien wie Honig und Olivenöl oder in Wasser und Luft fällt, ist umgekehrt proportional zu den Dichten beider Medien."

Aristoteles zeigte auf die Amphoren.

„Honig setzt der Bewegung den größten Widerstand entgegen, Öl schon einen minderen, Wasser einen noch kleineren und die Luft behindert die Bewegung am wenigsten."

Alle stimmten zu.

„Ihr seht: Je widerstandsärmer und leichter das Medium zu durchteilen ist, desto schneller ist die Bewegung darin."

Damit war das Gedankenexperiment noch nicht beendet. Aristoteles bat seine Zuhörer, sich eine Amphore vorzustellen, in der nichts, nicht einmal Luft wäre – eine Amphore, die gar nichts enthielte, in der sich eine Leere befinden würde.

„Wie groß wäre der Widerstand, den die Leere der Eisenkugel beim Fallen entgegensetzen würde?"

Durch die Zuhörer lief ein Raunen, Aristoteles konnte daraus die Worte von Fedos hören.

„Richtig Fedos! Eine Leere würde der Kugel gar keinen Widerstand entgegenbringen. Und was bedeutet das für das Fallen unserer Eisenkugel?"

Aristoteles blickte in die Runde, die Umstehenden schienen ihre Vermutungen noch abzuwägen.

„Die Geschwindigkeit müsste unendlich groß sein. Die Folge?“

Nach einem Blick zu den Umstehenden fuhr Aristoteles fort:

„Die Kugel müsste augenblicklich nach dem Loslassen unten aufschlagen! Könnt ihr euch das vorstellen? Habt ihr Ähnliches schon einmal gesehen?“

Zufrieden blickte Aristoteles auf das Publikum, ein jeder von ihnen schüttelte das Haupt.

„Nein? Ich auch nicht. Das ist mein dritter Beweis gegen die Leere: In der Leere wäre die Geschwindigkeit unendlich groß. Der Körper müsste folglich augenblicklich zugleich noch oben, aber auch schon unten sein. Das ist physikalisch nicht denkbar.“

„Vierter Beweis!“

Triumphierend hielt Aristoteles vier Finger nach oben. Er begann diesen Beweis wiederum mit einem Gedankenexperiment:

„Stellt euch folgendes vor: Ihr befindet euch auf einem Schiff und euch fallen gleichzeitig eine Eisenkugel und ein etwa gleichgeformter Stein über Bord. Welcher Körper würde zuerst auf dem Wasser aufschlagen? Was meint ihr? Fiele die Eisenkugel schneller als der Stein?“

„Die Eisenkugel würde zuerst aufschlagen.“, riefen alle.

„Tasos! Kannst du das bestätigen?“

Mit dieser Frage wandte sich Aristoteles an einen stadtbekannten Reeder, der zu Aristoteles‘ Stammhörern zählte. Ohne Zögern kam dessen Zustimmung. Als Beweis führte Aristoteles eine weitere Proportionalität an:

„Körper mit größerer Fallkraft fallen bei gleicher Gestalt schneller als Körper mit geringerer Fallkraft und zwar proportional zu ihrer Ausdehnung.“

Modern gesprochen hieße das: Die Geschwindigkeit zweier Körper ist deren Masse proportional. Falls Sie hierüber ins Grübeln gelangen, lassen Sie es sein: Aristoteles irrt mit dieser Behauptung.

Daraus schloss Aristoteles: Im Honig, im Olivenöl, im Wasser und in der Luft teile der Körper mit der größeren Ausdehnung das Medium schneller, denn eine solche Teilung richtet sich entweder nach der Gestalt oder nach der Fallkraft. Da es im Leeren nichts zu teilen gäbe, müssten die Körper demnach allesamt gleiche Geschwindigkeiten haben. Aristoteles schloss die Gedankenkette:

„Das ist so paradox, dass daraus die Unmöglichkeit einer Leere folgt."

Mittlerweile näherte sich der Vortrag seinem Ende zu. Aristoteles fasste die Beweise nochmals zusammen:

„Aus meiner Lehre für Bewegung von Körpern folgen vier Beweise für die Scheu der Natur vor der Leere: Wäre eine Leere möglich, würden daraus vier Ungereimtheiten folgen:

Erstens: In der Leere könnte es keine natürliche Bewegung geben.

Zweitens: In der Leere gäbe es nur ewige Ruhe oder unendlich fortgesetzte Bewegung.

Drittens: In der Leere wäre die Geschwindigkeit unendlich groß und ein Körper müsste zugleich noch oben und auch schon unten sein.

Viertens: In der Leere müssten alle Körper gleich schnell fallen."

Da konnte Aristoteles nur froh sein, dass ihm ein Blick in die Zukunft verwehrt blieb. Ansonsten hätte er mit ansehen müssen, wie Galilei und Newton das Trägheitsgesetz entdeckten und Robert Boyle in einem Experiment zeigte, dass in einer luftleeren Röhre eine Daunenfeder und zwei kleine Kugeln - die eine aus Holz, die andere aus Eisen – gleich schnell fallen. Sie - liebe Leser – haben dieses Experiment hoffentlich im Physikunterricht bestaunen können. Zurück zu Aristoteles:

Als Aristoteles den Vortrag beenden wollte, erinnerte ihn Diamantis nochmals an die Frage, die er anfangs gestellt hatte:

„Könnte es nicht sein, dass sich hinter der Kugel mit den Fixsternen eine Leere befindet? Schließlich hast du nur berichtet, wie unterschiedlich die Meinungen anderer Philosophen dazu sind. Aber sag, Aristoteles: Wie denkst du darüber?"

„Außerhalb der Fixsternsphäre kann es keine Leere geben. Unsere Welt", und bei diesen Worten schweifte Aristoteles' Blick zum Himmel, „ist endlich."

Die meisten richteten ihren Blick ebenfalls zum Himmel, auch Diamantis. Als er seinen Kopf wieder senkte, fragte Diamantis ungläubig:

„Was macht dich so sicher, dass die Welt endlich ist?"

Dafür gebe es mehrere Zeugnisse:

„Zum einen: Die Planeten bewegen sich auf Kreisen und jede Kreisbewegung erfordert einen Mittelpunkt. Da nur etwas Endliches einen Mittelpunkt haben kann, muss die Welt endlich sein – so einfach ist das."

„Das stimmt schon." gab Diamantis zu. „Dennoch: Ich weiß nicht - ist das nicht etwas einfach?"

„Lieber Diamantis, dann wird dich folgende Tatsache überzeugen: Der Kosmos ist etwas harmonisch Vollendetes. Eine unendliche Welt, ein Unbegrenztes kann zweifelsfrei nicht vollendet gedacht werden."

Dieses Argument stimmte den Astrologen um. Aristoteles brauchte nur noch zu ergänzen:

„Die Fixsternsphäre bildet den Rand der Welt, sie ist die Grenze unserer Welt. Dahinter gibt es nichts, wirklich rein gar nichts, nicht einmal eine Leere, denn dann wäre die Welt unendlich und könnte keinen Mittelpunkt haben."

In der allgemeinen Bewunderung dieser Logik schloss Aristoteles mit großer Genugtuung den Vortrag:

„Das sind meine Beweise, dass eine Leere physikalisch und logisch nicht denkbar ist."

Die Athener spendeten reichlich Applaus. Marinos und Tasos gingen auf dem Heimweg noch ein Stück des Wegs gemeinsam. Der Weinhändler wollte die Gelegenheit nutzen, mit dem Reeder einen ersten Termin zu verabreden, zu dem er ein Schiff für eine Fahrt zu Städten am Schwarzen Meer heuern könne. Tasos war jedoch nicht willig, er beklagte sich bei Marinos, schwere See verzögere auf unbestimmte Zeit die Rückkehr seiner Schiffe mit Weizen aus Odessos. Als sich ihre Wege trennten, blieb Tasos stehen. Mit prüfendem Blick fragte er sein Gegenüber:

„Übrigens, Marinos, kannst du dir ein Nichts hinter dem Fixsternhimmel leichter vorstellen als eine Leere?"

Beide lachten und gingen ihres Wegs.

Erneute Flucht aus Athen

Wie aus heiterem Himmel überschatteten plötzlich aufziehende dunkle Wolken das Verbleiben von Aristoteles in Athen. Im Jahre 323 v.Chr. erreichte die Stadt die Nachricht vom Tode Alexanders des Großen. Er war an Erschöpfung, nach anderen Quellen aufgrund eines heftigen Sumpffiebers in Babylon gestorben. Sogleich begannen in Athen und anderen griechischen Städten antimakedonische Bestrebungen. Die Griechen wollten sich der makedonischen Herrschaft entledigen.

Dieser Hass auf jeden und alles aus Makedonien machte auch um Aristoteles keinen Bogen. So widerrief der Rat von Delphi das siebzehn Jahre zuvor erteilte Ehrendekret für Aristoteles. Darin hatte die Stadt dankbar erklärt, dass Aristoteles seinerzeit die Friedensverhandlungen mit König Philipp II. wesentlich erleichtert habe.

Diesen Widerruf hätte Aristoteles verschmerzen können, doch in Athen braute sich etwas Gefährliches zusammen: Der Oberpriester der Stadt zettelte gegen Aristoteles eine Anklage an – der Vorwurf: Gottlosigkeit. Damit bezichtigte er Aristoteles des schwersten Vergehens, das in Athen denkbar war. Als vorgeschobenen Grund missbrauchte der Oberpriester einen Lobgesang von König Hermeias aus Artaneus auf das makedonische Königshaus. Diese Verse seines Schwiegervaters hatte Aristoteles vor einigen Jahren im Heiligtum von Delphi in die Statue von König Hermeias einmeißeln lassen.

Schweren Herzens musste Aristoteles erkennen, dass ihm in seiner Wahlheimat Athen kein ruhiges Weiterarbeiten mehr vergönnt sein würde. Noch im selben Jahre verließ er die Stadt. Den Abschied begründete Aristoteles mit den Worten: Er wolle nicht, dass sich die Athener ein zweites Mal gegen die Philosophie vergingen, nachdem sie bereits Sokrates zum Tode verurteilt hatten.

Aristoteles zog sich nach Chalkis auf Euböa zurück. Dort besaß er noch das Haus seiner Mutter. Ob er auf der Insel von einer erneuten Heimkehr nach Athen träumte? Wer weiß das schon? Das Schicksal entschied anders: Nur wenige Monate später, im Oktober 322 v.Chr., starb Aristoteles im Alter von 62 Jahren an einem Magenleiden.

Die Vollstreckung seines „Letzten Willens" hatte Aristoteles dem befreundeten General Antipatros anvertraut. Die Verfügungen im Testament betrafen nicht nur sein Vermögen. Aristoteles bestimmte darin auch die Übergabe der Schulleitung an Theophrast, regelte die künftige Verheiratung seiner noch minderjährigen Tochter und verfügte die Entlassung seines Haussklaven in die Freiheit.

Noch auf seinem Sterbelager wäre Aristoteles ein letzter Blick in die Zukunft zu wünschen gewesen. Wie hätte ihn dieser Ausblick versöhnt! Seine Philosophie wird zweitausend Jahre später als „Christlicher Aristotelismus“ für Jahrhunderte das wissenschaftliche Leben beherrschen. Dann werden ihm seine neuen Anhänger in den Universitäten eine größere Autorität verleihen als Aristoteles sie jemals zu Lebzeiten in Athen besaß. Aus dem Munde von Albert dem Großen klang das im 14. Jahrhundert so:

„Wo es sich um Lehren des Glaubens und der Sitte handelt, kommt Augustinus, wo um Medizinisches, dem Galenus und Hippokrates, wo um Naturwissenschaftliches, dem Aristoteles die größte Autorität zu.“

In Frieden hätte Aristoteles vor seinem Lebenswerk die Augen schließen können. Doch viele kluge Köpfe waren mit dieser Autorität nicht einverstanden, die ihm Thomas von Aquin und die Kirche verliehen hatten – allen voran ging Galileo Galilei. Es dauerte auch nicht mehr lange und die Physik des Aristoteles brach unter der Macht neuer Experimente zusammen. Aber alle Forscher, von Galileo Galilei über Blaise Pascal, Otto von Guericke und Robert Boyle bis Christian Huygens und Isaac Newton, schätzten die Leistungen von Aristoteles in dessen Zeit. Stellvertretend für diese Forscher stehen die Worte von Blaise Pascal:

„Wir sollten mit unserem Glauben und unserem Zweifel klüger walten und das Verehren der Autoren des Altertums in gemessenen Grenzen halten. Unsere Vernunft hält uns dazu an, Autoritäten anzuerkennen, aber dieselbe Vernunft hat Schranken zu setzen.

Vergessen wir nicht: Wenn sie ebenso vorsichtig gewesen wären und den von anderen übernommenen Kenntnissen nichts hinzugefügt hätten, wenn zu ihrer Zeit das Neue ebenso zögernd angenommen worden wäre, hätten weder sie noch die Nachwelt die Früchte ihrer Erfindungen geerntet. Und wie sie die althergebrachten Kenntnisse nur dazu nutzten, um zu neuen zu gelangen und diese ihre Kühnheit uns glücklicherweise den Weg zu großen Dingen eröffnet hat, so sollten auch wir mit den von ihnen geerbten Kenntnissen umgehen: Sie sollten die Mittel unserer Forschung sein und nicht das Ziel derselben.

Versuchen wir sie zu überflügeln, wie sie ihre Vorfahren überflügelt haben. Es ist nämlich keine geringe Torheit, dass wir den Autoren des Altertums hartnäckiger Glauben schenken als sie ihren Vorgängern; sie hielten bekannterweise nicht für unfehlbar, wer ihnen ebenso überlegen war."

Dennoch riefen alle diese Forscher mit Respekt:

„Aristoteles – sei gegrüßt!"

Benutzte Quellen

Aristoteles: Physikvorlesungen. Übersetzt von Hans Wagner. Akademie Verlag Berlin1989

Aristoteles: Vom Himmel. Von der Seele. Von der Dichtkunst. Artemnis-Verlag Zürich 1950

Berger, David: Thomas von Aquins „Summa theologiae". Wissenschaftliche Buchgesellschaft, Darmstadt 2004

Brunschwig. Lloyd (Hrsg.): Das Wissen der Griechen. Wilhelm Fink Verlag München 2000

Craemer-Ruegenberg, Ingrid: Albert Magnus. St. Benno-Verlag, Leipzig 2005

Die Prostitution unter den Völkern der alten und neuen Welt, geschichtlich und staatsrechtlich dargestellt. Stuttgart 1874. Reprint-Verlag Leipzig

Froese, Norbert: Platon: Mathematik, Ideenlehre und totalitäre Staatsutopien. Eine kritische Einführung in Platons Werk. Stand: 16.02.2014. www.antike-griechische.de/Platon

Gaarder, Jostein: Sofies Welt. Carl Hanser Verlag München 2000
Geschichte der Philosophie. Von der Antike bis heute. Könemann Köln 2000

Höhlengleichnis. Wikipedia

Nikolaou, Sousann-Maria: Die Atomlehre Demokrits und Platons Timaios. B.G.Teubner Stuttgart und Leipzig 1998

Oberndörfer, Dieter, Rosenzweig, Beate: Klassische Staatsphilosophie. Von Platon bis Rousseau. C.H. Beck 2000

Pascal, Blaise: Pensées. Über die Religion und über einige andere Gegenstände. Fourier Verlag, Wiesbaden 2001

Platons Dialoge Timaios und Kritias. Übersetzt und erläutert von Otto Apelt. Verlag von Felix Meiner, Leipzig 1922

Platon Politeia. Oldenbourg Akademie Verlag 1997

Platon Politeia - Der Staat. www.info-antike.de/Platon

Remé, Michael: Aristoteles. Leben und Werk. http.//www.michaelreme.de

Schneid, Math.: Aristoteles in der Scholastik. Verlag der Krüll'schen Buchhandlung (H. Hugendubel) Eichstätt 1875

Simonyi, K.: Kulturgeschichte der Physik. Verlag Harri Deutsch Thun Frankfurt am Main 1990

Stiekel, Bettina: Kinder fragen, Nobelpreisträger antworten. HEYNE München 2004

ISBN 978-3-8442-9584-9
9 783844 295849 00001
www.epubli.de